KB042820

회귀로

영웅둔전

회귀로 영웅독점 **16**

초판 1쇄 인쇄일 2022년 02월 10일 | **초판 1쇄 발행일** 2022년 02월 17일

지은이 칼텍스 | **펴낸이** 곽동현 | **담당편집 팀장** 이범수
편집부 정요한 최훈영 조혜진

펴낸곳 (주)조은세상 | 출판등록 제2002-23호
주소 서울특별시 동작구 동작대로1길 27 5층
TEL 02)587-2966 | FAX 02)587-2922
E-mail bukdu@comics21c.co.kr

칼텍스ⓒ2022
ISBN 979-11-391-0510-0 | ISBN 979-11-6591-494-3(set)
값 8,000원

칼텍스 퓨전 판타지 장편소설

회귀로

영웅글
줍
전

16

북간두
(주)조은세상

칼텍스 퓨전판타지 장편소설

FUSION FANTASY STORY

CONTENTS

Chapter 109. ⋯ 7

Chapter 110. ⋯ 59

Chapter 111. ⋯ 105

Chapter 112. ⋯ 145

Chapter 113. ⋯ 189

Chapter 114. ⋯ 231

Chapter 115. ⋯ 273

Chapter 109.

수십 년 전 어느 날.

당시 18살의 유연은 바깥세상을 동경하는 철없는 소녀였다.

"딱 남주까지만 나가서 인간들 사는 걸 보고 올게요. 적을 알고 나를 알면 백전백승이라는 말도 있잖아요!"

"그럴 필요 없다. 우리는 이미 인간들을 잘 아니까."

"아! 아빠! 한 번만, 딱 한 번만 나갔다 올게요. 네?"

"너와 같은 생각을 품었던 이가 어떤 결과를 맞이했는지 몰라서 하는 말이냐!"

대장군의 아들이 몰래 아미숲으로 나갔다가 실종된 것이 바로 몇 년 전 일이었다.

같은 전철을 밟고 싶은 부모가 어디에 있을까?

그러나 유연이 입술을 삐죽 내밀며 여전히 불만스러움을 내비치자 그녀의 아버지는 단호히 못을 박았다.

"호현에서 단 한 발자국도 나가지 말거라. 정 원한다면 정찰부대에라도 들어가든지."

"치잇. 알았어요."

그렇게 대답을 하고 밖으로 나온 유연은 저택을 돌아보며 말했다.

"정찰부대는 어차피 들어갈 거였거든요~."

한 발자국도 나가지 말라는 말에 수긍한 것인지, 정찰부대에라도 들어가라는 말에 수긍한 것인지 정확히 답하지 않은 그녀였다.

"어쩔 수 없네. 몰래 나가야지."

유연은 절대로 뜻을 굽히지 않았다.

그러기에는 호현에서 내려다본 세계가 너무나도 아름다웠다.

그렇게 결심을 내린 유연은 최소한의 짐만 챙겨 아미숲으로 향했다.

그때까지만 해도 그녀는 즐거운 여정이 될 거라 믿어 의심치 않았다.

아미숲에서 길을 헤매기 전까지만 말이다.

"여기가 어디야 도대체!"

위에서 내려다볼 때와 달리 숲속에서는 동서남북 구분을 할 수가 없었다.

무엇보다 엄청난 양의 모기와 벌레 떼가 그녀를 덮쳐 왔고 덥고 습기 찬 아미숲의 특성상 냄새도 장난 아니었다.

'아빠 말 들을걸!'

그녀가 꿈에 그려 왔던 산 아래의 세상은 그리 아름답지만은 않았다.

그렇게 투덜거리며 걸어가는 순간, 갑자기 발이 땅속으로 푹 꺼졌다.

"어?"

유연은 그제야 자신이 늪 한가운데에 들어왔음을 깨달았다. 재빨리 발을 빼내기 위해 노력해 보았으나 애를 쓸수록 몸은 더욱 깊게 빠질 뿐이었다.

그렇게 하반신이 전부 잠긴 순간 유연은 빠져나갈 수 없음을 깨달았다.

'뭐야? 나 죽는 거야?'

순간 두려움이 온몸을 휘감았다.

'다 거짓말이었어.'

저기 인간 세상에는 온갖 보석과 아름다운 옷, 그리고 위대한 자연 경관들로 가득하다던 선배들의 말은 전부 거짓이었다.

'세상은 아름답지 않아!'

공포감과 억울함에 눈물이 흘러내릴 때였다.

"잡으십시오."

어디선가 구명줄이 날아와 그녀의 앞에 떨어졌다. 예상치 못한 구원에 유연이 어쩔 줄 몰라 하자 호통에 가까운 목소리가 뒤이어졌다.

"뭐 하고 있습니까! 멍청하게 있지 말고 당장 잡으라고!"

그제야 정신을 차린 유연은 얼른 구명줄을 잡았다.

그렇게 뜻밖의 도움으로 가까스로 살아남은 유연은 지친 숨을 내쉬며 벌벌 떨었다.

'살았다.'

안도감과 함께 눈물이 왈칵 쏟아져 나왔다.

그렇게 울기를 한참.

구명줄을 던져 준 존재가 유연에게 다가와 말했다.

"괜찮으십니까?"

눈물 콧물로 범벅이 된 유연은 훌쩍이며 상대를 올려 보았다.

미소를 짓는 남자.

얼굴은 백옥처럼 하얗고 이목구비는 마치 신이 빚은 것처럼 완벽한 모양을 자랑했다. 그뿐인가? 미소는 하늘의 태양보다 밝았으며 또 생명수의 품보다도 따뜻했다.

"……."

유연이 빤히 바라보자 남자가 민망한 듯 물었다.

"제 얼굴에 뭐라도 묻었습니까?"

"아, 아뇨! 너무…….."

잘생겨서라고 말하려던 유연은 겨우 자신의 입을 틀어막았다.

생명의 은인에게 주접떠는 모습을 첫인상으로 남기고 싶지 않았다.

유연이 말을 잇지 못하고 우물쭈물거리자 남자가 웃음을 터트리며 말했다.

"자세한 이야기는 여길 빠져나가서 이어 가도록 하죠. 일어설 수 있겠습니까?"

"당연히…….."

황급히 자리에서 일어서던 유연이 휘청거리자 남자가 팔을 잡아 부축했다.

"죄송합니다. 다리가 풀려서…….."

"어쩔 수 없죠. 그럼 잠시 실례하겠습니다."

그리고는 유연을 번쩍 안아 들었다.

"어머머."

유연이 남자의 목에 팔을 감았다. 진흙이 덕지덕지 묻어 있었으나 남자는 개의치 않고 묵묵히 아미숲을 빠져나갔다.

유연은 그런 남자를 빤히 바라보며 생각에 잠겼다.

'역시…….'

바깥세상은 아름다웠다.

남자는 아미숲 밖으로 나온 뒤에야 유연을 땅에 내려 주었다. 그때까지도 멍하니 남자만 바라보고 있던 유연은 겨우 정신을 차리며 입을 열었다.

"구해 주서서 감사해요. 덕분에 목숨을 건질 수 있었습니다."

"개의치 마세요. 해야 할 일을 했을 뿐입니다."

잘생긴 외모에 겸양의 자세까지, 부족함 하나 찾아볼 수 없었다.

"저, 실례가 안 된다면 성함을 여쭤봐도 될까요?"

"제 이름 말입니까?"

"네! 생명의 은인이니 꼭 기억하고 싶습니다!"

유연이 강하게 말하자 남자는 머쓱한 얼굴로 고개를 끄덕였다.

"한규호라고 합니다."

"한규호……."

유연은 남자를 따라 그의 이름을 읊조리더니 쑥스러운 듯 고개를 돌렸다.

'어떡해. 이름도 멋있어.'

별로 특별한 이름은 아니었으나 유연에게는 그렇게만 느껴졌다.

"저는 유연이라고 합니다."

"예쁜 이름이네요."

"꺄아……. 흡."

유연은 격한 반응이 나오려는 것을 억지로 막으며 미소 지

14
16

었다.

"칭찬 감사해요."

그렇게 약간 어색한 기운이 감돌 때 한규호가 물음을 던
졌다.

"그런데 아미숲에는 무슨 일로 들어오셨습니까? 이곳은 뛰
어난 무사들도 안전을 보장할 수 없는 장소인데."

"아, 그게……."

유연은 뭐라 대답해야 될지 몰라 순간 말문이 막혔다.

자신이 목령인이라 솔직하게 말하기가 꺼려졌던 것이다.

'나를 부담스러워하지 않을까?'

목령인의 존재를 아는 인간은 많지 않았다.

그러니 사실을 말한들 믿지 않을 수도 있었다.

또한 목령인이 그러하듯, 인간들도 목령인에게 나쁜 감정
을 가지고 있다면 정체를 밝히지 않는 편이 나을 것이었다.

'곧이곧대로 말할 필요는 없겠지.'

눈앞의 남자와 좋은 관계를 유지하려면 인간인 척 거짓말
을 하는 게 나았다.

"제 수련 성과를 확인하기 위해 아미숲에 들어왔었어요.
제가 궁술을 좀 익혔거든요."

"남주 가문 출신입니까?"

"아! 네! 맞아요. 남주 가문 출신."

"남주의 유연……. 그럼 오유연 씨인가요?"

"아뇨, 그냥 유연인데."

"남주는 오씨 가문이 지배하고 있는 땅 아니었습니까?"

그런 것도 있었나?

유연은 잠시 고민하다 태연하게 머리를 긁적이며 말했다.

"하하하! 남주 사는 유연이라는 뜻이었어요. 하하하."

그러자 한규호가 피식 웃으며 고개를 끄덕였다.

"그렇군요. 하긴, 남주에 오씨 가문 하나만 있는 건 아니니까요."

"네, 바로 그런 거죠."

일단 한 차례 고비를 넘겼다 생각한 유연은 흐름을 이어 가기 위해 물음을 던졌다.

"혹시 다음 예정지가 어딘지 말씀해 주실 수 있나요?"

"일단 남주로 다시 돌아갈 예정입니다."

"정말요? 그럼 죄송하지만 남주까지 동행을 부탁드려도 괜찮을까요? 혼자 돌아가기엔 조금 무서워서…… 다리도 아프고."

유연은 다리를 토닥이며 불쌍한 표정을 지었다. 한규호는 그런 유연을 미소와 함께 바라보다 고개를 끄덕였다.

"물론입니다. 같은 방향이기도 하고, 이대로 유연 씨만 홀로 보내는 것도 마음이 불편할 테니까요."

유연은 속으로 쾌재를 불렀다.

'좋았어!'

이 잘생긴 꽃돌이의 미소만 있다면 불구덩이 속도 아름다울 것이 분명했다.

"그런데 한규호 님은 왜 아미숲에 오신 겁니까?"

"유연 씨와 같은 이유입니다. 저 또한 제 실력이 어느 정도
인지 알아보기 위해 세상을 여행 중입니다."

"어머. 멋지네요."

한마디로 떠돌이라는 뜻.

이 점을 잘만 이용한다면 남주에 도착한 이후에도 같이 돌
아다닐 수 있을 것만 같았다.

그렇게 계획을 세우며 이동한 유연은 남주(南州)에 도착하
자마자 실행으로 옮겼다.

"저희 집으로 같이 가시지 않을래요? 식사라도 대접하고
싶어서요."

"마침 시장하던 차였는데, 감사합니다."

첫 단계는 순조롭게 통과.

유연은 먼저 앞서가며 다음 단계의 진행을 위한 목표를 찾
았다.

그로부터 얼마 지나지 않았을 무렵.

누구의 소유인지도 모를 집이 유연의 시선을 사로잡았다.

잘산다고 보기도, 아주 가난하다고 여기기도 애매한 집이
었다.

"이럴 수가!"

유연은 그곳을 발견하자마자 탄식을 토한 뒤 심각한 얼굴

로 한규호에게 양해를 구했다.

"죄송하지만, 잠시 기다려 주실 수 있나요?"

"네, 다녀오세요."

그리고는 떨리는 발걸음으로 대문 앞으로 다가가 외쳤다.

"계십니까?"

"누구쇼?"

평생 한 번 본 적 없는 남자가 나와 미간을 찌푸렸다.

"여기 살던 유씨 집안 사람들은 다 어디 갔습니까?"

"무슨 소리요? 여긴 대대로 김씨 가문의 집인데."

"이럴 수가! 떠났단 말입니까?"

"뭔 소릴 하는 게요?"

"아…… . 알겠습니다."

유연은 자기 할 말만 한 뒤 고개를 숙이며 뒤로 물러났다.

"별 미친 여자 다 보겠네."

그렇게 대화가 끝나고 유연은 최대한 슬픈 표정으로 한규호에게 향했다.

"이를 어쩌죠? 저희 가족이 빚을 갚지 못해 야반도주를 해 지금은 다른 이가 집을 사들였다고 합니다. 어디로 갔는지도 모른다고 하고…… ."

"저런…… 괜찮으신 겁니까?"

"그래서 아미숲에 숨겨진 비고라도 찾으러 들어갔었는데……."

"그런 게 있었습니까?"

당연히 이것도 거짓말이었다.

"아뇨, 헛소문이더라고요."

눈물을 훔치던 유연은 슬쩍 한규호를 올려 보았다.

걱정 가득한 얼굴.

작전이 먹히고 있는 것이었다.

"가진 돈도 전부 떨어졌는데, 이제 저는 어떻게 해야 할까요?"

슬픈 표정, 슬픈 표정.

유연은 그렇게 한규호의 눈치를 보며 말을 이어 나갔다.

"빚쟁이들을 피해 멀리 갔을 것이 분명한데 빈털터리인 제가 찾을 수나 있을지……."

혼신의 연기를 하는 유연을 안쓰럽게 바라보던 한규호는 마음의 결정을 내린 듯 고개를 끄덕였다.

"그럼 저와 함께 가시겠습니까?"

"당연히 저야……!"

기다리던 말에 너무 격한 반응이 나가 버렸다. 유연은 겨우 진정하며 말을 끝냈다.

"감사하죠."

생긴 것만큼 마음씨도 아름다운 남자였다.

그런 사람을 속이는 것이 편하지만은 않았지만 어쩌겠는가?

안전하게 인간 세상을 돌아다니려면 한규호의 도움이 필수적이라는 것은 이미 아미숲에서 뼈저리게 느끼지 않았는가.

거기다 쌍검을 차고 여행하는 것으로 보아 나름 실력도 있어 보였다.

그리고…….

'이런 꽃돌이랑 다닐 기회가 흔한 건 아니잖아.'

유연은 만족한 얼굴로 허리를 숙였다.

"감사합니다. 제 가족을 찾을 때까지만 신세를 지도록 하겠습니다."

물론 가족을 찾을 수는 없겠지만 말이다.

그렇게 함께 동고동락한 지 약 1년 후.

무사 수행을 하는 한규호였기에 유연 또한 그를 따라다니며 엄청난 실전 경험을 쌓을 수 있었다.

그뿐만이 아니라 집요한 애정 공세 끝에 한규호와 연인 사이로 발전할 수 있었다.

그렇게 연인으로서의 또 다른 한 해를 보내던 어느 날이었다.

"규호 씨. 저기……."

유연은 조심스럽게 말하며 볼록해진 배를 바라보았다.

여전히 한규호를 사랑하며 그의 아이가 뱃속에서 태동하고 있음은 더할 나위 없는 기쁨이었으나, 유연에게는 한 가지 고민이 남아 있었다.

아직까지 자신의 정체를 밝히지 않은 것이었다.

"왜, 무슨 고민이라도 있어?"

"그게 말이야……."

하지만 유연은 쉽사리 입을 열지 못했다.

그만큼 그녀에게는 자신의 정체를 밝히는 것이 두려운 일이었다.

그런 연인을 바라보던 한규호는 미소와 함께 입을 열었다.

"안 그래도 나도 말할 게 있었어."

유연이 자신의 걱정을 말하기 쉽게끔 한규호 먼저 자신의 비밀을 꺼낸 것이었다.

"이미 눈치챘을지 모르겠지만, 난 운성 가문의 사람이야."

유연은 한규호를 바라보며 두 눈을 깜빡였다.

"그게 왜요?"

"……운성 알지? 이 나라 4대 가문."

"아아아, 알죠. 알죠."

유연은 크게 고개를 끄덕이며 아는 척을 했다.

아직도 인간들의 사회에는 어두운 유연이었다. 하지만 한규호는 이를 알아차리지 못하고 말을 이어 갔다.

"그래서 나한테는 정해진 운명이 있어."

"그게 뭔데요?"

"정략결혼."

한규호는 운성의 현 가주이자 자신의 아버지인 한백사의 성향을 아주 잘 알고 있었다.

그는 자신이 소유한 모든 것을 정치적 이익을 위해 사용했다.

아들의 혼사 역시 그러하다.

그런 한백사가 남주 출신의 평민에 불과한 유연과의 결혼을 좋게 봐줄 리가 없었다.

격하게 반대할 것이고, 설득이 통하지 않는다 생각되면 서슴없이 유연의 암살까지 시도할 것이다.

그렇기에 한규호가 유연을, 뱃속의 아이를 지키기 위해 선택할 수 있는 방법은 한 가지밖에 없었다.

"그래서 나는 너와 결혼하기 위해 내 이름을 버릴 생각이야."

한규호는 미소 지었다.

"남주의 작은 집이라도 너와 함께라면 행복할 테니까."

그리고는 주머니에 숨겨 놓았던 옥반지를 내밀었다.

"이런 나라도 결혼해 주겠어?"

유연은 옥반지를 바라보며 감격했다. 항상 바라 왔던 꿈이 현실로 다가온 순간이었다.

그러나 그녀는 반지를 받는 것을 망설일 수밖에 없었다.

아직 자신의 진실을 말하지 않았기 때문이다.

"저, 저도 고백할 게 하나 있어요. 규호 씨."

"편하게 말해."

"편하게 할 수 있는 그런 말은 아닌데……."

유연의 머뭇거림에 한규호는 미소로 답했다.

"네가 설령 천민 출신이라도 상관없어. 그런 건 나한테 전혀 중요하지 않아."

유연이 자신의 정체에 대해 거짓말을 하고 있다는 것쯤은 알고 있었다.

그러나 한규호는 진심으로 천민이든 양반이든 별 차이가
없다고 생각했다.

"그러니 편하게 말해도 돼."

"그렇게까지 말씀하신다면……."

유연은 심호흡하며 말했다.

"전 산족이에요."

"상관……."

유연은 불안한 얼굴로 말을 멈춘 한규호를 올려다보았다.

"그래도 상관없나요?"

몇 개월 후.

한규호의 집 앞에는 고추가 달린 금줄이 걸렸다.

"아이가 그렇게 예쁘다며?"

"애 부모를 보면 안 예쁘기가 쉽지 않지."

"한번 보고 싶구먼."

그렇게 대문 앞을 서성이는 사람들을 막는 역할은 한 사람
의 몫이었다.

"아아! 안 된다고요!"

작은 체구의 여자아이, 주은희.

원래라면 부모의 죄 때문에 연좌제로 노비가 되는 것이 그

녀의 정해진 운명.

그런 그녀를 한규호가 사들였다.

주종 관계 따위를 원하고 행한 일은 아니었다.

처지가 딱한 아이를 거둬들일 명분이 돈을 주고 사는 것밖에 없었으니 말이다.

그러나 주은희의 생각은 달랐다.

평생 갚아도 보답할 수 없는 은혜를 입은 셈이었으니 스스로 하인이 되기를 자처했다.

그리고 지금처럼 경사스런 날에는 어떠한 방해도 용서할 수 없었다.

주은희의 두 눈이 어느 때보다 의욕으로 불타올랐다.

"금줄 안 보이십니까! 거기 가만히 있으라고요!"

주은희가 바락바락 소리를 지르자 사람들이 한 걸음 뒤로 물러섰다.

"누가 들어간다고 했냐? 그냥 멀리서나마 보고 싶은 거지."

"그러니까. 어린 것이 아주 바락바락."

"흥!"

고작 10살밖에 안 된 주은희가 그렇게 문을 막아서고 있을 때였다.

"괜찮다. 은희야."

유연이 아이를 안고 한규호와 함께 밖으로 나왔다. 상대적으로 튼튼한 목령인이었기에 빠르게 회복한 것이었다.

"이렇게들 와 주셔서 감사합니다."

유연의 말에 마을 사람들이 모두 한 걸음 다가오자 주은희가 또다시 막아섰다.

"잠깐! 거기서 보세요. 너무 가까우면 아가한테 안 좋아요."

"아따, 쪼그만 게 우에 그리 까다롭나?"

"맞는 말이지. 영감 오늘 씻기는 했소?"

"크흠."

그렇게 한참 마을 사람들이 새로 태어난 아이에게 홀려 있을 때 한규호가 입을 열었다.

"갑작스럽지만 마을 어르신들께 부탁할 게 있습니다."

"그래, 그래. 말해 보게. 애가 태어나면 필요한 게 많으니 당연히 도와야지."

"맞아, 모르는 게 있으면 언제든 도움을 요청하게."

다들 육아에 관한 부탁이라고 생각하는 모양이었다. 한규호는 씁쓸하게 웃으며 말을 이었다.

"그게 아니라 은희를 부탁하고 싶습니다."

난데없는 말에 모두가 당황한 사이, 한규호는 차분히 설명을 이어 갔다.

"저희가 잠시 마을을 떠나 연이네 친정에 다녀와야 할 것 같습니다. 그동안 은희를 좀 맡아 주시겠습니까?"

이에 가장 먼저 반응한 것은 주은희였다.

"……네?"

그녀는 금방이라도 울음을 터트릴 듯한 표정으로 한규호의 바지 자락을 움켜쥐었다.

"주인님! 그게 갑자기 무슨 말이에요?"

"미안하구나. 미리 말해 주지 못해서."

"그럼 저도 같이 갈게요. 그래도 되죠? 네?"

주은희가 울먹이며 부탁했지만 한규호는 고개를 흔들었다.

"영영 떠난다는 말이 아니지 않느냐? 잠시만 마을 분들과 함께 지내고 있거라."

"……."

주은희는 멍한 얼굴로 좀체 사실을 받아들이지 못했고, 뒤이어 옆집 노부부가 손을 들며 말했다.

"은희는 우리가 맡겠네."

"양육비는 드리겠습니다."

"그딴 건 필요 없네. 오히려 은희가 있으면 우리야 좋지. 밥도 잘하고, 청소도 잘하고. 아이는 잘 먹여 살릴 테니 걱정일랑 말고 다녀오게."

"감사합니다. 어르신들."

"무슨 사정인지는 모르지만 잘 다녀와. 가족끼리는 싸우는 거 아니야."

한규호가 고개를 끄덕이자 유연이 여전히 충격에 잠겨 있는 주은희와 눈을 맞췄다.

"금방 올게, 은희야. 다시 오면 또 미역국 끓여 줘."

"……네."

주은희는 차마 더 떼를 쓰지 못하고 고개를 숙였다.

"꼭 다녀오세요."

그렇게 한규호와 유연은 갓난아기를 데리고 처가로 향했다.

◆ ◆ ◆

호현으로 가는 길.

한규호는 걱정 어린 표정으로 말했다.

"괜찮아? 아이를 낳은 지 얼마 되지도 않았잖아."

"괜찮아요. 그보다 아이가 더 급해요."

두 사람이 이리도 빨리 유연의 고향으로 향하는 이유가 있었다.

"한시라도 빨리 생명수의 은총을 받지 않으면 큰일 날 수도 있으니까요."

유연이 목령인이라는 것을 밝히던 날.

그녀는 유일한 근심거리를 털어놨었다.

"목령인들은 부모님에게만 생명을 받는 것이 아니에요. 육신은 부모에게, 정신은 생명수에게 받죠. 그래서 목령인들은 아이가 태어나자마자 생명수로 가 정신을 불어넣어요."

"그게 무슨……."

한규호는 유연의 말을 이해할 수 없었다. 인간의 개념으로는 결코 받아들이기 힘든 내용이었으니까.

이를 눈치챘음에도 유연은 계속해서 말을 이어 갔다.

종(種)이 다른 이상 이성적으로 온전히 납득할 길을 없을 테니 말이다.

"만약 생명수의 은총을 받지 못한다면 아이는 오래 버티지 못하고 빈껍데기가 되고 말아요. 그러니……."

유연의 다음 말은 뻔했다.

"아이가 태어나면 호현으로 돌아가야 해요."

그것이 두 사람이 아이를 낳자마자 호현으로 향하는 이유였다.

그렇게 성산에 들어설 때였다.

한 발의 화살이 두 사람의 발밑에 꽂히고 유연이 고개를 들었다.

"난 2년 전 도시를 나온 유연입니다. 정찰대장의 딸인데, 기억하시나요?"

그렇게 유연이 자신의 정체를 밝히자 한 대원이 그들의 앞에 나타났다.

유연은 당황한 정찰대원을 향해 미소를 지으며 말했다.

"도시에 들어가는 걸 허락받고 싶습니다."

이에 정찰대원은 유연의 목에 걸린 흑철 목걸이를 바라봤다. 유연은 증명이라도 하듯 흑철 목걸이를 진동시켰고 정찰대원은 고개를 끄덕였다.

"목령인이라면 허락받을 것도 없지. 하지만……."

정찰대원은 한규호를 바라봤다.

"인간은 안 된다."

그러자 유연이 망설임 없이 대답했다.

"제 남편입니다."

그녀의 발언에 정찰대원의 동공이 흔들렸다.

목령인이 인간을 배우자로 데리고 왔다.

이는 오랫동안 성산의 입구를 지켜 오면서 처음 있는 일이었다.

"부모님께 인사를 드리고 싶습니다."

"……그게."

"막아도 앞으로 나아갈 것입니다."

유연은 아이를 바라봤고 정찰대원 역시 그녀의 시선을 따라갔다.

"들어가도 되겠습니까?"

"……."

정찰대원은 쉽게 선택을 내리지 못했다. 동족과 아이를 쏘는 것은 결코 쉽지 않은 일이었으며 그렇다고 남편이라는 인간을 쏠 수도 없었다.

"하아."

정찰대원은 한숨을 내쉰 뒤 멀리서 활을 겨누고 있는 동료에게 손짓했다.

'대장군에게 보고해라.'

그것이 정찰대원이 할 수 있는 최선이었다.

◆ ◆ ◆

호현 안으로 들어간 유연은 웅성거리는 인파를 무시하고 바로 자신의 집으로 향했다.

오랜만에 돌아온 집은 떠날 때 모습 그대로였다.

유연은 안으로 들어가는 것을 잠시 망설였다.

부모가 된 지 얼마 되지 않았지만, 자신이 사라지고 난 뒤 느꼈을 부모님의 감정을 생생하게 알 수 있었기 때문이었다.

딸이 죽었는지 살았는지도 모른 채 기다리는 그 마음이 어땠을까?

죄인의 마음이 된 유연은 당당하게 대문을 열 수 없었다.

한규호는 그런 유연의 어깨를 토닥여 주었다.

"들어가자, 유연아."

유연은 아들을 한규호에게 건넨 뒤 대문을 열고 안으로 들어갔다.

이윽고 그녀의 시선에 분주히 움직이는 한 여인이 들어왔다.

시선을 느끼고 유연을 돌아본 여인은 그 상태로 굳었다.

"유연이 너……."

"엄마."

유연은 애써 미소를 지으며 말했다.

"다녀왔어."

2년 만에 돌아온 딸의 인사치곤 무척이나 무미건조했다.

담담한 말과는 달리 유연은 금방이라도 눈물을 흘릴 것처럼 어머니를 바라봤다.

2년간 소식도 없이 사라진 딸이 밉지는 않을까? 아니나 다를까 어머니는 창백해진 얼굴로 한달음에 달려왔다.

뺨이라도 맞을 각오를 하며 유연은 눈을 감았다.

그러나 예상과 달리 어떠한 고통도 느껴지지 않았다.

대신 그 무엇보다 따뜻한 온기가 그녀를 감싸 안았다.

"유연아. 유연아. 감사합니다, 생명수 님. 정말 감사합니다."

유연은 울컥한 마음을 애써 숨기며 말했다.

"미안해, 엄마. 많이 걱정했지?"

"아니야. 잘 돌아왔어. 어디 아픈 곳은 없고? 밥은 잘 먹고 다녔니?"

"응. 그럼. 엄마가 맨날 난 어디 가도 잘 먹고 잘살 거라고 했잖아."

"그랬지. 그랬어."

어머니는 말없이 유연의 얼굴을 어루만졌다.

잠시 후 어머니가 어느 정도 진정된 듯 보이자 유연은 본래 목적을 꺼내 들었다.

"그리고 엄마, 이쪽은……."

그렇게 딸의 손을 따라 시선을 돌린 여인은 또 다른 존재로 인해 당황한 표정을 지을 수밖에 없었다.

몇 년 만에 나타난 딸이 소개하는 남자와 갓난아기.

그것만으로도 모든 상황을 이해하기엔 충분했다.

"……."

순간 말문이 막혀 어떠한 말도 나오지 않았다.

그러나 그마저도 곧 머릿속에서 지워졌다.

죽었을지도 모른다고 생각했던 딸이 돌아온 것에 비하면 사소한 문제였다.

"일단 안으로 들어가서 밥이라도 먹자."

그때였다.

"어찌하여 인간을 데려온 것이냐?"

멀리서 바라보고만 있던 아버지가 몇 년 만에 본 딸에게 처음으로 건넨 말이었다.

"여보. 일단은 밥부터 먹고……."

"아니, 중요한 일이야."

아버지는 슬픈 얼굴로 말을 이어 나갔다.

"내가 분명 나가지 말라고 하지 않았느냐? 그런데 기어코 나가 인간과 결혼까지 해? 도대체 왜 내 말을 듣지 않는 것이냐?"

아버지의 반대는 이미 예상한 바였다. 이에 유연은 단호하게 말했다.

"그럴 수는 없습니다. 아버지."

아빠라고 부르던 유연은 어느새 어른스럽게 말했다.

"유연!"

아버지는 유연에게 다가가 말했다.

"대장군이 인간을 얼마나 증오하는지 모르느냐? 그런데도 인간을 이곳에 데리고 와? 그냥 저자만 두고 왔으면 너도, 아이도 편했을 것을……."

그렇게 원망하듯 말할 때였다.

"유연은 들으라!"

밖에서 외침이 들려왔다.

"유연은 동행인과 함께 지금 당장 장로 회의에 참석하도록 하라!"

올 것이 왔다.

호현에 일어나는 대소사를 적법하게 판단하는 자리였다.

유연은 미소와 함께 부모님을 돌아보고는 말했다.

"갔다 올게요."

그렇게 유연과 한규호는 아이와 함께 회의장으로 향했다.

회의장에는 유연의 부모님은 물론 결과가 궁금한 목령인들도 함께였다.

이윽고 세 장로가 모두 모이고 제사장이 입을 열었다.

"그럼 회의를 시작하겠습니다. 유연은 앞으로 나와 왜 인간을 데리고 왔는지를 밝혀 주겠습니까?"

제사장의 말에 유연은 심호흡을 한 뒤 앞으로 나섰다.

"이 남자의 이름은 한규호. 제 남편입니다."

그 순간 장내가 술렁였고 제사장이 모두를 진정시켰다.

"정숙해 주시길 바랍니다."

그리고는 바로 회의를 진행했다.

"그럼 지금부터 유연의 남편 한규호의 처분에 관한 회의를 시작하겠습니다. 두 장로님은 의견을 말해 주시길 바랍니다."

이에 대장군 풍백이 자리에서 일어난 뒤 목령인들 모두가 들으라는 듯 말했다.

"모두 몇 년 전 내 막내아들이 사라진 것을 알고 있을 겁니다. 인간 세상이 궁금하다며 아미숲으로 나갔던 철없는 아들은 마수의 습격을 받아 사라졌죠."

모두가 알고 있는 비극적인 이야기였다.

대장군 풍백은 잠시 뜸을 들이다 한규호를 노려보며 말을 이어 갔다.

"그런데 뭔가 이상했습니다. 아미숲에는 나찰이 살지 않는데 어떻게 마수가 존재할 수 있었을까까?"

나찰의 음기에 노출된 동식물들이 변이를 일으켜 만들어지는 것은 마수였다.

물론 마수의 수가 어느 정도 쌓이면 나찰 없이도 추가적인 마수가 나타나기도 했으나 최초의 마수는 나찰이 존재해야만 만들어질 수 있다.

그리고 아미숲은 대대로 단 한 기의 마수도 존재하지 않은 장소였다.

이에 의문이 생긴 풍백은 정예를 데리고 아미 숲을 수색했다.

그리고 그곳에서 죽은 나찰의 시신과 함께 인간들이 두고 간 물건들을 발견할 수 있었다.

즉 대장군 풍백의 아들이 실종, 아니 마수에게 죽은 이유는 단 하나.

"바로 인간이 나찰을 아미숲에 데리고 왔기 때문입니다."

풍백의 말에 목령인 모두가 놀란 얼굴로 하나둘 입을 열었다.

"뭐야? 그럼 인간이 죽인 것이나 다름없는 거 아니야?"

"망할 인간 놈들."

"그 어린 것이 얼마나 무서웠을까."

모든 분노가 회장 내 유일한 인간인 한규호를 향했고 풍백은 쐐기를 박듯 말했다.

"인간들은 그런 놈들입니다. 자신들을 제외한 다른 종족의 안위 따위는 미물보다도 못하게 생각하는 이기적인 존재."

모두가 그의 말에 고개를 끄덕였다.

여론은 이미 대장군 쪽으로 기울어 있었다.

"저 인간이라고 다를 것이 없을 터. 무조건 추방해야만 합니다."

많은 목령인들이 고개를 끄덕이며 동의했고 집정관 역시 바로 의견을 꺼냈다.

"저 또한 인간을 들일 이유는 없다고 생각합니다."

집정관이 반대하는 이유는 간단했다.

득보다 실이 많기 때문이다.

인간을 받아들인다고 얻는 것은 하나도 없다. 그런데 만약 그가 인간이 심어 놓은 세작이라면? 그때는 돌이킬 수 없게 된다.

그렇게 회의는 사실상 끝이 났다.

세 장로 중 두 명이 추방을 선택했고 제사장이 어떤 선택을 내리든 변하는 것은 없을 테니까.

제사장은 씁쓸한 얼굴로 고개를 끄덕였다.

"이미 두 장로께서 그렇게 결정을 내리셨으니 저의 선택은 아무런 의미가 없겠군요."

회의를 정리한 제사장은 유연을 바라보며 말을 이어 갔다.

"마지막으로 하고 싶은 말이 있습니까?"

유연은 담담한 얼굴로 고개를 끄덕였다.

"네."

이미 결정은 났다. 그럼에도 유연의 얼굴에서 체념 같은 감정은 보이지 않았다.

유연이 보인 의외의 반응에 제사장은 고개를 갸웃하며 물었다.

"말해 보십시오."

유연은 심호흡을 한 뒤 또박또박 말했다.

"저는 저와 같은 목령인의 뜻이 아닌 생명수의 뜻을 따르고 싶습니다."

생명수의 뜻.

예상치 못한 말에 풍백과 우사는 인상을 찌푸렸다. 그러나 제사장만은 유연의 진의를 깨닫고는 미소를 지었다.

"생명수 님은 모든 질문에 대답을 주지 않습니다. 아무런 대답을 못 들을 수도 있다는 말입니다. 그래도 괜찮겠습니까?"

"각오하고 있습니다."

그 순간 생명수의 가지가 바람에 흔들리며 소리를 내었다.

제사장은 인자하게 웃으며 고개를 끄덕였다.

"그럼 한번 여쭤보도록 하지요."

"제사장님!"

대장군이 불안한 마음에 외쳤으나 이미 제사장은 생명수와 교감을 시작한 상태였다.

제사장의 몸에서 뿜어져 나온 청록색의 기운이 생명수를 휘감았다.

유연은 그 광경을 긴장한 채 바라보았다.

'생명수시여.'

유연은 애초에 생명수의 뜻을 물어보기 위해 이 호현에 돌아온 것이었다.

아무리 생김새가 똑같다 하더라도 목령인과 인간은 명백히 다른 종족.

그런 인간과 목령인이 결혼해 자식을 낳는다는 건 기적에 가까운 일이었다.

그리고 유연에게 그 기적과도 같은 일이 벌어졌다.

그래서 그녀는 마음속에 한 가지 가능성을 품었다.

만약 아들이 목령인이라면.

모든 것들이 생명수의 뜻이라면.

생명수는 아이의 아버지인 한규호를 반드시 지켜 줄 것이라는 가능성이었다.

그렇게 유연을 비롯한 목령인 모두가 제사장과 생명수가 교감하는 신비스럽고도 성스러운 장면을 묵묵히 바라보기를 한참.

교감을 끝낸 제사장이 감았던 눈을 뜨며 입을 열었다.

"생명수 님은……."

그리고는 대장군 풍백을 돌아보며 강하게 말했다.

"인간 한규호와 그의 아들의 거주를 허락하셨습니다."

그것이 생명수의 뜻이었다.

"제사장님, 그게 무슨 말이십니까!"

대장군 풍백은 믿지 못하겠다는 듯 노기를 띠며 자리에서 일어났다.

제사장은 그런 대장군을 담담하게 바라볼 뿐이었다.

"분명 말씀드렸을 텐데요? 이건 제 생각이 아닌 생명수 님의 의지라고요."

고저 없이 평온한 말투이지만, 역설적이게도 더 위압적으로 느껴지는 목소리.

대장군은 입을 꾹 다물었다.

제사장이 저렇게까지 말한 이상 더는 항의할 수 없었다.

조금 전 그녀의 몸에서 뿜어져 나온 청록색 기운이 생명수를 휘감은 것을 두 눈으로 똑똑히 목격하지 않았던가.

이는 명백히 생명수와 교감하는 과정.

그녀의 말이 곧 생명수의 뜻임은 부정할 수 없는 사실이었다.

그 생각은 비단 대장군만 느낀 것이 아니었다.

조금 전까지 불쾌감을 잔뜩 드러냈던 목령인들도 침묵으로 일관했다.

제사장은 목령인 중 유일하게 생명수와 교감할 수 있는 능력을 지닌 존재였다.

그녀의 교감 능력이 그 무엇과도 비교할 수 없을 만큼 대단하다는 것엔 이견의 여지도 없었다.

그러나 그 능력에도 명백한 한계는 존재했다.

제사장이라고 해서 항상 생명수와 대화가 가능한 건 아니었다.

결국 생명수가 보내오는 의지를 전달해 주는 매개체에 불과했던 것이다.

그 경우도 손에 꼽을 정도로 극히 드물었다.

한 목령인이 일생 동안 단 한 번도 듣지 못할 만큼 말이다.

장내에 적막이 감도는 것도 그런 이유였다.

누군가는 처음 접했을 혹은 생에 다시 찾아오지 않으리라 여겼던 것을 또다시 경험하게 된 상황.

그리고 목령인이라면 그 무엇보다 최우선시 해야 할 신의 뜻이 전달된 순간이기도 했다.

생명수가 직접 뜻을 밝힌 때에는 반드시 중대한 이유가 깔려 있었으며, 감히 이를 거역했다가는 큰 화를 보기 마련이었다.

이는 역사를 통해 증명된 일이고, 선대로부터 대대로 전해져 내려온 가르침.

그렇기에 장내는 고요한 정적만이 흐를 뿐이었다.

"하아."

언제 끝날지 모를 적막을 깨뜨린 건 누군가가 내쉰 한숨.

집정관 우사의 입에서 흘러나온 것이었다.

인간을 호현에 들이는 것이 탐탁지 않은 것은 그 또한 마찬가지.

하지만 생명수의 뜻이 그렇다면 다른 도리가 없었다.

"생명수의 뜻을 따르겠습니다."

집정관이 동의를 표했고 대장군은 말없이 자리에 앉는 것으로 대답을 대신했다.

제사장은 고개를 끄덕였다.

"그럼 결정 났군요."

비록 온전한 동의는 아니었으나 만장일치로 결정되었다.

제사장은 한규호를 내려다보며 말했다.

"그럼 지금 이 시간부로 저 두 사람을 호현의 시민으로 인 정합니다."

그렇게 한규호와 그의 아들은 호현에 사는 유이한 인간으로 인정받았다.

◆ ◈ ◆

노을이 진 하늘.

한규호는 아들과 함께 마을의 입구에서 정찰 임무를 끝마치고 돌아올 유연을 기다렸다.

그런 두 부자의 근처에는 그 누구도 다가오지 않았다.

"아가야! 아가!"

아들이 어수룩한 말로 또래에게 다가가 보지만, 그 부모는 마치 못 볼 것을 본 것처럼 아이를 데리고 황급히 도망갔다.

"힝! 아가!"

"아가가 쑥스러움이 많은가 보네."

한규호는 아들을 안아 들며 싱긋 웃어 보였다.

"다음에 또 보면 그때는 괜찮을 거야."

"정말?"

"그럼! 우리 아들이 너무 멋져서 부끄러워서 저러는 거야."

그렇게 위로했으나 한규호는 쓸쓸함을 감출 수 없었다.

호현에 산 지도 어느덧 2년에 가까워져 갔다.

그간 인간에 대한 부정적인 인식을 바꾸기 위해 부단히 애를 썼다. 도움이 필요한 일이 있으면 가장 먼저 나섰고 모두에게 친절했으며 무엇을 얻든 이웃에게 베풀었다.

그럼에도 한규호를 바라보는 목령인들의 시선은 크게 달라지지 않았다.

유연의 가족들은 그나마 사람 취급을 해 주었으나 그것이 전부.

호현의 목령인들은 여전히 한규호를 불편한 이방인 그 이상으로 생각하지 않았다

그렇게 고민에 빠져 있을 때.

"어머! 우리 아들!"

유연의 목소리에 한규호는 고개를 돌렸다.

임무를 마친 유연이 달려오는 것이 보였다.

유연은 달려오자마자 아들을 안아 들고는 볼에 뽀뽀하며 미소 지었다.

"아빠랑 잘 놀았어? 뭐 하고 놀았어?"

그렇게 아들이 웃는 것을 확인한 유연은 한규호에게 고개를 돌렸다.

"별일 없었죠?"

"응. 아무 일 없었어."

한규호는 애써 미소를 지었다.

유연 또한 한규호가 잘 적응할 수 있게 혼신을 다하고 있었다.

정찰대에 들어간 지 2년도 되지 않아 대장의 자리까지 꿰 찬 게 그 증거였다.

한규호와 아들이 차별받지 않고, 목령인들에게 호현의 구성원으로 인정받기 위해서는 자신이 높은 자리에 올라가야 한다고 생각했기 때문이다.

그렇게 타고난 재능과 뼈를 깎는 노력으로 정찰대장까지 올라갔지만, 그녀는 더 위를 바라보고 있었다.

바로 목령인들의 무의 정점.

대장군의 자리까지 말이다.

감히 대장군의 남편과 아들을 인간이고 혼혈이라며 무시할 이는 그 누구도 없을 테니 말이다.

그 마음을 아는 한규호는 미안함과 안쓰러운 눈빛으로 유연을 바라보았다.

그러나 유연은 그 시선을 눈치채지 못하고 아들과 신이 나대화했다.

"우리 유진이, 오늘은 집에 가면 뭐 먹고 싶어?"

"까까!"

"까까는 안 돼. 밥을 먹어야지."

"밥! 밥!"

"밥도 좋아? 그럼 얼른 갈까?"

유진.

그것이 목령인으로서 아들의 이름이었다.

한규호는 그렇게 앞으로 걸어 나가는 유연에게 말했다.

"그런데 혹시 유진의 흑철 무구는 아직이야?"

"네? 아, 우리 조금만 더 기다려 봐요."

유연은 애써 대답을 얼버무렸다.

"금방 주실 거예요. 생명수 님도 다 생각이 있지 않을까요?"

"그 금방이 2년이 다 되어 가."

흑철 무구.

그것은 생명수가 모든 목령인들에게 주는 선물이었다.

그러나 곧 두 번째 생일을 맞이하는 아들은 아직도 흑철 무구를 받지 못했다.

보통의 목령인들이 태어나자마자, 늦어도 1년 안에 받는 것을 고려하면 상당히 늦은 것이었다.

이를 두고 많은 목령인들은 유진이가 목령인이 아닌 인간에 가깝기 때문이라고 비난하기까지 했다.

"생명수 님이 나를 받아 줬으면 적어도 우리 아들도 차별받지 않게 해 주셔야 하잖아."

자신에게 향하는 차별은 버틸 수 있었다.

어차피 다른 목령인들과 잘 지낼 수 있을 거라는 기대는 하지 않았으니 말이다.

그러나 아들이 차별받는 모습은 부모로서 도저히 두고 볼 수가 없었다.

"사람들이 유진이를 어떻게 대하는지 알아? 벌레 보듯이

봐. 나를 보는 시선 그대로 우리 아들을 본단 말이야. 목령인이 아닌 인간으로."

막아 두었던 둑이 무너진 것처럼 여태껏 억눌러 왔던 감정들이 터져 나왔다.

"당신이 엄마라는 자각이 있다면 뭐라도 해야 하는 거 아니야? 제사장님한테라도 가서……."

"내가 아무것도 안 한 줄 알아요?"

대응하는 유연의 목소리도 올라갔다.

"물어봐도 뜻이 있을 거라고만 하는데 나보고 어떡하라고요! 저도 답답해요. 왜 주질 않는지. 도대체 뭘 생각하고 있는지 알고 싶다고요!"

그렇게 말다툼이 본격화되려 할 때였다.

"으아아앙!"

아들의 울음소리에 유연과 한규호는 정신을 차리고 말을 멈추었다.

"나중에 얘기해요."

그때부터 두 사람은 아무런 대화도 없이 저택으로 향했다.

집에 도착한 이후에도 서먹한 기류는 계속해서 이어졌고.

두 사람은 쌓인 앙금을 풀지도 못한 채 결혼 후 처음으로 각방자리를 하게 되었다.

다음 날 아침에 눈을 뜬 한규호는 바로 유연을 찾아갔지만 그곳에는 아들 유진만이 곤히 잠들어 있을 뿐이었다.

아침 일찍 임무에 나간 것이다.

한규호는 이마를 쓸며 한숨을 내쉬었다.

"어쩌자고 그런 말을 했냐. 멍청아."

이곳에 남기로 한 것도 모두 자신이 결정한 일인데 괜히 유연에게 짜증 낸 것 같아 미안했다.

처음엔 유진이의 은총도 있었지만, 장인 장모와 유연의 묵은 감정도 풀 수 있도록 한동안 호현에서 지내기로 했다.

그리 오래 있을 것도 아니고, 정 안 되겠다 싶으면 그때 인간 세상으로 내려가도 충분했으니 말이다.

그리고 장인, 장모님은 아들 유진에게 그 누구보다 따뜻한 할아버지, 할머니가 돼 주었다.

자신에게는 여전히 거리를 두었지만, 유진이만큼은 애지중지하며 각별히 여겼다.

그런 이들에게서 손자를 뺏어 가는 것은 못할 짓이라는 생각이 들어 조금 더 남기로 결정했다.

그렇게 차일피일 기한을 미루다 보니 유연이 정찰대장이 되어 버리며 이젠 함께 떠나는 것조차 불가능해졌다.

그녀가 인간 세상으로 돌아가는 것만으로도 이 호현의 안보에 위협이 되니 말이다.

'흑철 무구만 받으면……'

지금까지의 고민은 모두 불필요한 것에 지나지 않는다.

아들이 목령인으로 인정받으면 호현에서 평생 살아갈 자

신도 있으니 말이다.

그렇게 생각할 때. 누군가 저택 밖에서 외치는 소리가 들렸다.

"여기 한규호 씨 있습니까?"

그 소리에 한규호는 즉시 밖으로 나갔다.

"접니다. 무슨 일이십니까?"

복장으로 보아 정찰대원이었다.

문제는 그의 상태가 일반적이지 않다는 것이었다. 숨은 크게 헐떡이고 있었으며 옷 또한 피로 물들어 있었다.

좋은 일로 찾아왔다고 볼 수 없는 모습이었다.

그로 인해 한규호가 불안감을 느끼는 순간.

"정찰대장님께서 크게 다치셨습니다."

좋지 않은 예감은 빗나가는 법이 없었다.

"그게 무슨 소리입니까?"

"아미숲에서 인간들과 싸움이 있었습니다. 그러던 중 정찰대장님이⋯⋯."

"아미숲이요? 유연이가 거길 왜?"

정찰대의 임무는 성산의 경계를 감시하며 침입하려는 자들을 막아 내는 것.

그것만으로도 바쁠 정찰대가 아미숲까지 나갈 일은 극히 드물었다.

그간의 상식에서는 의아해하는 것이 당연했으나, 뒤이어

진 대답을 듣고는 수긍할 수밖에 없었다.

"비밀 임무를 수행하시다가 그만……."

"……."

한규호는 눈을 질끈 감았다.

대장군의 자리를 목표로 삼은 유연이라면 스스로 자처해서 비밀 임무를 맡았을 것이다.

어떻게든 눈에 띌 만한 공적을 쌓으려 했을 테니 말이다.

'나 때문이야.'

굳이 높은 곳으로 올라가려 아등바등한 것도.

비밀 임무를 맡으며 위기를 맞게 된 것도.

그 모든 이유엔 한규호가 포함되어 있었다.

그렇게 헌신해 온 아내를 엄마로서의 자각이 없다며 비난했다니.

어제의 못난 모습이 떠올라 한규호는 죄책감에 고개를 들 수 없었다.

정찰대원은 그런 한규호의 눈치를 보며 말을 더했다.

"일단 안전한 곳까지 옮겼으나 상태가 많이 좋지 않습니다. 같이 가 보셔야 할 거 같습니다."

"그러죠. 채비만 갖추고 바로 나오겠습니다."

이 순간 과거의 일을 후회한다 해서 달라지는 건 없었다.

지금은 유연의 상태를 두 눈으로 확인하고, 어떻게든 무사히 데려오는 것만을 생각해야 할 때였다.

그렇게 출발 준비를 위해 몸을 돌리는 찰나.

어느새 잠에서 깬 아들이 기어 나오며 양손을 뻗었다.

"나도! 나도!"

한규호는 어린 아들과 눈높이를 맞추며 말했다.

"아빠가 금방 다녀올 테니까 잠깐만 기다릴 수 있지?"

하지만 아들은 울음을 터트리며 외쳤다.

"나도 엄마! 엄마!"

엄마라는 말에 한규호는 입술을 깨물었다.

마치 무언가를 아는 듯 데려가 달라고 떼를 쓰는 모양새였다.

'만약 엄마가 잘못되었음을 유진이가 느낀 거라면…….'

그리고 혹시라도 유연이 정말로 위급한 상태라면 아들도 함께 가야 하지 않을까?

잠시 망설이던 한규호는 정찰대원에게 다시 한번 확인했다.

"정말로 안전을 확보한 것입니까?"

"네, 부상은 심하지만……."

"그럼."

한규호는 빠르게 검을 챙긴 뒤 아들을 안아 들고는 고개를 끄덕였다.

"안내 부탁합니다."

"따라오시죠."

앞서 달려가는 정찰대원을 쫓아 아미숲으로 향하는 와중

에도 한규호는 속으로 기도했다.

제발 무사하기를.

어제 미처 풀지 못한 대화가 머리에 맴돌아서 미칠 것만 같
았다.

그렇게 달리기를 한참.

정찰대원은 아미숲의 한 공터에서 발을 멈추었다.

한규호도 속도를 늦추며 말했다.

"도착한 겁니……."

하지만 이내 이상함을 눈치챈 한규호는 표정을 굳히며 정
찰대원을 응시했다.

주변을 돌아봐도 아무도 없다.

전투의 흔적, 핏자국은커녕 부상자를 옮긴 흔적조차 없었다.

한규호는 차갑게 식은 목소리로 말했다.

"제 아내는 어디 있습니까?"

그 순간 뒤에서 목소리가 들려왔다.

"유연은 여기 없다."

익숙한 목소리.

대장군, 풍백이었다.

한규호는 부하들과 함께 걸어 나오는 풍백을 바라보며 표
정을 굳혔다.

"지금 이게 뭐 하는 짓입니까?"

분노 서린 질문에도 풍백은 자기 할 말만을 이어 갔다.

"애도 데리고 나왔군. 뭐, 어차피 그 아이도 목령인은 아니니 상관없겠지."

한규호는 자신의 주위를 둘러싼 무사들을 돌아보았다. 대놓고 살기를 드러내는 이들의 모습에 한규호는 완전히 상황을 파악하고 이를 악물었다.

'대장군이 나를 싫어하는 줄은 알았지만……'

설마 이런 식으로 죽이려 할 줄이야.

게다가 제거 대상에 아들까지 포함되었다는 점에서 참을 수 없는 분노가 올라왔다.

한규호는 검을 빼 들었고 대장군은 긴말을 하지 않았다.

"죽여라."

이윽고 목령인 무사들이 한규호에게로 달려들었다.

그러나 호락호락 당할 한규호가 아니었다.

오랜 시간 무사 수행을 하며 성장한 그에게 평범한 목령인 무사는 상대가 되지 않았다.

쌍검술을 익힌 그가 하나의 검만을 사용하고 있었음에도 순식간에 포위망을 뚫었다.

그러나 그 순간.

"어딜 가려는가?"

한규호의 앞을 풍백이 막아섰다.

풍백은 흑철 검을 휘둘렀다. 일반 무사들과는 차원이 다른 공격.

'크윽!'

단 한 합으로 한규호는 풍백의 실력을 알아차렸다.

'이대로는 이길 수 없다.'

쌍검을 든 채로도 제압하기 힘든 고수였다. 아들을 안은
채, 단 하나의 검만 사용하는 지금은 압도적으로 불리할 수밖
에 없었다.

'어떻게든 뚫고 도망쳐야 한다.'

자신이 죽는 한이 있더라도 아들의 목숨만큼은 살리고 싶
었다.

그렇게 힘겹게 풍백의 검을 받아 내던 한규호는 한순간의
틈을 놓치지 않았다.

천뢰쌍검, 뇌전보(雷電步).

한규호가 마치 번개가 치듯 빠르게 빠져나갔다. 양손에 검
을 들지 않았다고 하더라도 천뢰쌍검 특유의 빠른 보법은 사
용할 수 있었다.

"……"

풍백은 자신의 옆으로 빠져나가는 한규호를 돌아봤다.

상상 이상으로 빠른 속도였다. 그러나 풍백은 마치 기다렸
다는 듯 몸을 돌리며 검을 내려쳤다.

"어딜!"

흑철 검이 한규호의 등을 베었다.

'크윽!'

고통이 몰려왔으나 한규호는 오히려 더 속도를 내며 달리기 시작했다.

'제발! 제발!'

생명수든 뭐든.

아들을 살릴 힘을 다오.

"으아아아아아아!"

온몸의 기운이 양다리에 모이며 근육이 터질 듯 팽창했다.

이윽고 그의 다리에서 전기가 뿜어져 나오며 번개처럼 날아가기 시작했다.

그렇게 달리기를 한참.

어느새 아미숲을 빠져나와 왕국 남부에 다다른 한규호는 지쳐 주저앉은 뒤 품 안을 내려다보았다.

계속 울기 바쁘던 아들은 어느새 조용해져 있었다.

단순히 지쳐 잠든 것일 뿐 어딘가를 다치거나 한 것은 없었다.

한규호는 아들의 상태를 확인한 뒤에야 자신의 몸을 점검했다.

들어 올린 손이 사시나무처럼 떨리고 있었다.

등을 깊게 베인 탓이었다.

'하아, 겨우 살았나?'

오로지 아들만은 지켜 내겠다는 일념으로 도망쳤다.

그런데 이 정도에 그쳤다면 생각보다 결과가 좋았다.

'추격해 오지도 않고.'

놓아준 것인가? 아니면 놓친 것일까?

무엇이 됐든 지금 상황에서는 다행이었다.

하지만 마냥 긍정적이라 할 수도 없었다.

이제 더 이상 호현으로 돌아갈 수 없었으니 말이다.

'일단 주변의 마을이라도 가자…….'

한규호는 힘겹게 몸을 일으켰다.

그러나 다리가 말을 듣지 않았다. 의지와 달리 휘청거리던 몸은 고꾸라졌고, 한규호는 그 와중에도 아들을 꼭 껴안아 보호했다.

'안 되는데…….'

이렇게 죽을 수는 없었다. 그러나 점점 눈이 감겨 왔다.

그때 그를 향해 누군가가 달려오는 것이 보였다.

"저기요! 괜찮으십니까! 어이! 수레 여기로 끌고 와……."

그 장면을 마지막으로 한규호는 눈을 감았다.

다시 눈을 뜬 곳은 남주의 한 객잔이었다.

그가 깨어났다는 소식을 듣고는 일단의 무리들이 한걸음에 달려왔다.

복장으로 봐선 상인들로 보였다.

"아이고, 일어나셨습니까?"

초면인 이들에게 둘러싸여 당황스러울 법한데도, 한규호는 급히 제 용건부터 꺼냈다.

"제 아들은 어디에…… 아니, 별일 없습니까?"

기억이 맞다면, 안부를 물은 이는 눈이 감기기 직전 마지막으로 봤던 사람과 동일인이었다.

낯선 이곳에서 눈을 떴다는 건 저자가 자신을 데려왔다는 뜻일 테고, 당연히 유진이에 대해서도 알고 있을 게 분명했다.

한규호가 어서 대답하라는 듯 시선을 보내자, 상인은 슬며시 입꼬리를 올리며 답했다.

"걱정 마십시오. 아드님은 건강하십니다."

"아……."

한규호는 그제야 안도의 한숨을 내쉬었다.

그리고 뒤늦게나마 감사와 사과의 뜻을 표했다.

"구해 주신 것도 감사한데, 마음이 급해 무례를 범했습니다."

"무례라니요. 충분히 그러실 수 있는 일이니, 그런 말씀은 안 하셔도 됩니다."

너그럽게 이해해 주는 모습이었으나, 도리어 한규호는 의문에 휩싸였다.

눈앞의 사람들은 분명 초면이고, 외관으로 보건대 상인임은 확실했다.

모든 행동은 이익을 전제로 하며, 절대로 손해를 보지 않으려 하는 것이 상인들의 기질이다.

그런데 왜 이렇게 필요 이상으로 깍듯하게 대할까?

그렇게 의문을 가질 때였다.

"오히려 운성의 도련님을 도울 수 있어 저희야말로 영광입니다."

그랬던 것인가.

상인들이 깍듯했던 것은 선의에서 비롯된 것이 아니라 자신의 정체를 알아챘기 때문이었다.

"어떻게 아셨습니까?"

"검의 문양이 운성의 것이라 알아볼 수 있었습니다."

"그렇군요. 사례는 꼭 하겠습니다."

"아닙니다! 도련님과 아드님이 무사하신 것만으로도 다행입니다. 그럼 편히 쉬십시오."

상인들은 들어왔을 때처럼 빠르게 밖으로 나갔고, 한규호는 씁쓸하게 웃으며 그들이 나간 방향을 바라봤다.

그의 입가엔 자조의 기색마저 어려 있었다.

'한 번 버린 가문이 나와 아들을 살렸구나.'

운성이란 이름이 없었다면 둘은 아미숲의 입구에서 죽음을 맞이했을 것이다.

어쩌면 아들은 죽음보다 못한 인생을 살게 되었을지도 몰랐다.

자신이야 죽어 가는 처지였으니 내버려 두고, 아들만 데려가 노예로 팔았을 테니 말이다.

사랑하는 여인을 위해, 그 무엇보다 소중한 아이를 위해 가문을 버렸으나 그것 말고는 자신이 가진 힘은 아무것도 없었다.

끝도 없는 비참함이 밀려와 심신이 불안정해진 그 순간.

숨이 거칠어지며 검붉은 각혈이 토해졌다.

한규호는 급히 운기조식을 펼쳐 내부의 탁기(濁氣)를 밀어 냈다. 그러나 원인 모를 탁기는 사라질 기미를 보이지 않았다.

이에 한규호는 냉정하게 자신의 몸 상태를 판단했다.

어떻게 버텨 낸다 하더라도 3년이 한계이지 않을까?

한마디로 시한부 인생이었다.

모르긴 몰라도 대장군의 흑철 검에 필살(必殺)의 능력이 있었던 모양이다.

'나를 쫓지 않은 이유가 있구나.'

어차피 호현으로는 돌아올 수 없고, 가만히 놔두면 알아서 죽을 테니 굳이 추격대를 보낼 필요가 없다 판단한 것이다.

'나는 어찌해야 하는가?'

그렇게 고민을 하던 한규호는 씁쓸한 얼굴로 중얼거렸다.

"미안해. 연아."

호현으로 돌아가 아내를 만나고 싶은 마음은 굴뚝같지만, 그것은 이룰 수 없는 꿈이다.

다시 돌아가 봤자 대장군의 위협은 사라지지 않을 테니까.

그렇다면 최우선으로 고려해야 할 것은 남겨질 아들의 삶이었다.

한규호는 자신에게 남은 선택지가 오직 하나뿐임을 인정할 수밖에 없었다.

"널 다시는 못 볼 거 같다."

한규호는 그렇게 눈물을 흘리며 고개를 숙였다.

Chapter 110.

"떠났다고요?"

"그래, 인간은 인간의 세상에서 살아야 한다고 말하며 떠났다."

"그게 무슨……."

유연은 황망하게 아버지를 바라봤다.

"말도 안 됩니다! 규호 씨는 저에게 말도 없이 그럴 사람이 아닙니다!"

"그런 너의 바람과 달리 이렇게 되어 버리지 않았느냐? 그래서 내 누누이 경고했거늘."

"아뇨, 저는 절대 인정할 수 없습니다. 제가 가서……."

"가서 뭘 어떻게 하려고?"

아버지의 것과는 다른 목소리.

유연이 돌아보자 그곳에는 자신을 한껏 내려다보는 대장
군 풍백이 있었다.

"빌어 볼 생각이냐? 다시 돌아와 달라고? 아니면 네가 인간 세
상에서 살 생각이냐? 가족들을 버리고 널 버린 남자에게 돌아가
서? 그래, 그럴 수 있었겠지. 일개 대원에 불과했다면 말이야."

대장군은 조소와 함께 말을 이어 갔다.

"정찰대장인 네가 떠나는 걸 내가, 목령인들이 허락할 것
이라 생각하느냐?"

"그래도 가겠다고 하면 어떻게 하실 겁니까?"

"그렇다면 장로 회의를 열어야지."

"신청하겠습니다."

그녀의 뜻대로 장로 회의가 열렸고 결과 또한 빠르게 결정
났다.

집정관, 대장군은 정찰대장인 유연이 떠나는 것에 반대했
으며, 믿었던 생명수마저도 침묵했다.

그리고 그날 밤.

유연은 생명수의 바로 앞까지 다가가 울분을 토했다.

"어째서 그를 받아 준 겁니까!"

이렇게 될 것이었다면 처음부터 안 받아 주는 쪽이 좋지 않
았는가?

아니, 하다못해…….

"흑철 무구라도 주지 그랬습니까! 그랬으면 그가 떠날 일도 없었을 거 아닙니까!"

아들만이라도 제대로 된 목령인으로 인정받았다면 한규호는 떠나지 않았을 것이다.

"도대체 왜! 왜 책임지지 않으셨습니까!"

유연이 그렇게 외칠 때였다.

툭 튀어나온 뿌리에서 무언가 달빛을 받아 반짝이며 빛났다.

흑철 무구.

자신이 가진 것과 똑같은 목걸이였다.

홀린 듯 그것을 집어 든 유연은 표면에 적힌 이름을 확인할수 있었다.

한유진.

아들의 것이었다.

"……하."

그 이름 석 자에 유연은 허탈함을 토해 내며 고개를 돌렸다.

"왜 지금, 왜 지금이야……."

그토록 바랐던 목령인의 증표를 왜 이제야. 모든 것이 사라진 뒤에 주는 것입니까.

그렇게 달빛이 내리는 밤.

유연은 목걸이를 손에 꽉 쥔 채 말없이 눈물을 흘렸다.

서책에 무언가를 적던 한규호는 창으로 들어오는 햇빛에 고개를 들며 상념에 잠겼다.

대장군의 함정에 빠져 쫓겨난 이후, 한규호는 운성으로 복귀했다.

스스로 이름을 버린 주제에 제 발로 돌아간다는 것은 결코 쉬운 일이 아니었다.

그러나 한규호에게 남은 시간은 길어 봤자 3년. 이후 홀로 남게 될 아들을 생각한다면 그보다 나은 선택지는 없었다.

예상대로 아버지 한백사는 받아들이지 않겠다고 강경하게 나섰다.

설령 가족이라도 쓸모가 없다면 가차 없이 쳐 내는 인물.

시한부로 모자라 혹까지 달고 온 아들을 달갑게 여길 리 없었다.

아버지의 이러한 성향을 잘 알고 있던 한규호는 곧바로 준비해 온 제안을 던졌다.

바로 천뢰쌍검의 오의를 전달해 주겠다는 것.

현재의 천뢰쌍검은 옛 명성을 잃어버린 지 오래였다.

이는 무(武)보다 상(商)을 우선시한 선대들의 실책 때문이었다.

만인지적(萬人之敵)의 무공이라 불리던 보물은 빛이 바랬고, 지금 남은 것은 그저 껍데기에 불과한 수준.

다만, 그간의 떠돌이 생활로 얻은 깨달음이 더해진다면 이전의 명성을 되찾는 것도 무리는 아니었다.

그렇기에 한규호는 자신의 제안이 받아들여질 것이라 확신했다.

왕국 초기부터 위세를 떨쳐 온 운성이지만, 앞으로도 그럴 것이라 장담할 순 없다.

수많은 부를 축적했다 한들, 이를 뒷받침해 줄 무가 없다면 언제든 남의 것이 될 수 있을 테니 말이다.

가문에서 버림받았음에도 지금의 운성을 만든 아버지라면 이를 모르지 않을 것이다.

하여 한규호는 그 대가로 유진이, 아니 상혁이를 손자로서, 그리고 운성의 적법한 직계 자손으로 잘 키워 주겠다는 확답을 요구했다.

한백사는 흔쾌히 약조했고, 그날부터 두 부자는 운성의 사람으로 살아가게 되었다.

그렇게 시간은 바람처럼 빠르게 흘러 어느새 운성에 돌아온 지 3년이 되어 가고 있었다.

한규호는 다시 시선을 내려 작성 중이던 서책을 바라보았다.

겉으론 일기장으로 위장했지만, 실제 내용은 천뢰쌍검의 오의를 담은 비급서.

훗날 혈혈단신으로 세상을 살아갈 아들에게 남기는 유언

이자 유산이었다.

그때였다.

"아빠! 아빠!"

문이 벌컥 열리며 아들이 방으로 들어왔다.

"아빠! 우리 엄마는 어떤 사람이었어요?"

"엄마? 갑자기 그건 왜?"

뒤이어 한 여인이 급히 상혁을 따라 들어왔다.

"죄송합니다. 주인님."

고개를 숙이며 사죄하는 이는 이제 어엿한 여인이 된 주은
희였다.

운성에 돌아가기로 결정한 직후, 한규호는 약속대로 주은
희를 찾아갔다.

그리고 그녀에게 두 가지 선택지를 내밀었다.

지금처럼 노부부와 평범하게 사는 것.

또 하나는 자신을 따라 운성에 가 하녀가 되는 것.

어떤 선택을 하든 한규호는 이를 존중해 줄 생각이었다.

노비가 될 뻔했던 그녀에게 하녀가 되라고 강요하는 건 가
혹한 처사일 테니 말이다.

하지만 주은희는 망설임 없이 후자를 택했다.

은혜를 갚을 수만 있다면 무엇이 되었든 개의치 않다면서.

덕분에 상혁은 어머니의 빈자리를 조금은 채워 가며 성장
할 수 있었다.

"괜찮다. 너에겐 항상 고맙게 생각하고 있다. 그리고 우리끼리 있을 때는 격식을 차릴 필요가 없다 하지 않았느냐."

항상 본인보다 자신과 아들을 먼저 생각해 주는 은희에겐 언제나 감사했다.

그래서 남들의 시선을 받지 않을 때만이라도 조금이나마 편해지길 바랐다.

"그렇게 해야 내 마음이 편하니 부탁하마. 그리고 이왕 부탁하는 김에, 앞으로도 상혁이를 잘 부탁하마. 어련히 잘하겠지만, 부디 내가 없더라도……."

"주인님!"

여태 잠자코 듣고만 있던 주은희가 발끈하며 말허리를 잘랐다.

"도련님 장가가는 것도 보고 손주도 안으셔야죠! 분명 장수하실 거예요. 그것도 건강하게 오래오래!"

"하하, 내가 실없는 소리를 했구나."

"다신 그런 말씀 마세요!"

"알겠다. 약속하마."

한규호는 씩씩거리는 주은희를 달래며 머쓱하게 웃어 보였다.

자신이라고 왜 안 그러고 싶겠는가.

아비 된 심정으로 아들의 성장을 보고 싶은 욕심이 없을 리가 있나.

가능하다면, 상혁이가 성인이 되고 며느리를 만나 행복한 가정을 꾸리는 걸 직접 바라보고 싶었다.

그러나 희망이란 그리 낭만적인 요소가 아니었다.

그것은 부지불식간에 좌절이란 칼날이 되어 심중을 헤집어 놓았다.

살날이 얼마 남지 않았다는 현실은 더욱 비참하게 만들었고 말이다.

체념하며 애써 떠올리지 않는 것이 답이었다.

그렇게 주은희와의 대화를 일단락한 한규호는 아들에게로 시선을 돌렸다.

"그런데 갑자기 엄마에 대해서는 왜 묻느냐?"

"은희 누나가 그러는데, 엄마는 엄청 예쁘고 강했다면서요?"

"그럼, 강했지."

한규호는 씁쓸한 미소를 지었다.

"그리고 그 누구보다도 아름다웠지."

"은희 누나보다요?"

"상혁아, 아니 도련님. 안주인님은 저 같은 거랑은 비교도 할 수 없습니다."

주은희의 말에 상혁이 활짝 웃었다.

"나는 누나가 가장 예쁜데."

"아이참……."

한규호는 그런 아들을 향해 미소 지으며 혼잣말로 중얼거렸다.

"정말 아름다웠지. 연이는……."

서글픈 그의 시선이 창밖으로 향했다.

선선한 바람에 나무에 핀 꽃들이 흩날렸다.

호현에서도 많이 보이던 꽃들이었다.

평소에도 그랬지만, 오늘따라 유독 혼자 두고 온 아내가 사무치도록 그리웠다.

다시 한번만 볼 수 있다면 소원이 없을 정도로 말이다.

그러나 그로부터 몇 달 뒤.

한규호는 그 유일한 소원을 끝내 이루지 못한 채 눈을 감았다.

밝은 달빛 아래.

유연은 괴한의 손목을 잡고 물었다.

"너…… 도대체 누구야?"

유연의 목소리는 작게 떨리고 있었다.

흑철 무구는 오직 주인에게만 반응한다.

그렇다는 뜻은 눈앞의 괴한이 바로 자기 아들이라는 뜻이었다.

진실을 확인하기 위해 유연은 있는 힘을 다해 복면으로 손을 뻗었다.

상혁이 얼굴을 뒤로 뺐으나 필사적인 유연의 손을 피할 수는 없었다.

그렇게 복면이 벗겨지고 상혁의 얼굴이 드러났다.

"너……."

제자가 흑철 비녀를 건네줬던 바로 그 인간이었다.

첫인상은 그리 좋지 않았다.

아니, 불편한 존재였다. 남편을 많이 닮은 얼굴이 불쾌한 기억을 떠올리게 만들었으니 말이다.

그래도 대수롭지 않게 치부하려 했다. 수많은 인간 중 닮은 이가 하나 없는 게 더 이상한 일일 테니까.

그런데 감정은 이성에 따르지 않았다. 자꾸만 저 인간이 눈에 밟히고 계속해서 신경이 쓰였다.

왜 그런 것인지 연유를 알 수 없었는데, 이제야 깨닫게 되었다.

"그래서였구나."

남편과 똑 닮았다 생각했지만, 자세히 들여다보니 자신의 모습도 보인다.

그리고 첫 만남에서 느껴졌던 동질감과 본능적인 호감.

마지막으로 목걸이의 반응까지.

모든 것은 한 가지 사실을 가리키고 있었다.

상혁이 자신의 아들이란 것을 말이다.

그렇게 생각할 때.

상혁이 황급히 몸을 돌려 달아나려 했다.

'아, 안 돼.'

이대로 놓칠 수는 없었다.

하루도 잊은 적이 없었다.

함께한 날들이 너무나도 행복했기에 그 끝이 얼마나 비극적이든 유연은 자신을 버리고 떠난 이를 그리워했다.

그리고 지금. 눈앞에 아들이 나타났다.

원치 않던 이별로 매일 눈물로 지새우게 했던 유진이가 눈앞에 있다.

또다시 놓치면 이젠 영영 못 볼지도 모르기에.

유연은 도망치는 상혁의 손목을 잡았다.

그 어느 때보다 강한 손아귀 힘으로.

그러나 상혁은 온 힘을 다해 손길을 뿌리쳤고.

중심을 잃은 유연이 앞으로 고꾸라지며 강하게 무릎을 찧었다.

그녀는 일어설 생각도 못 한 채 네발로 기며 어떻게든 상혁을 잡으려 했다.

그러나 상혁은 이미 저만치 멀어진 상태였다.

이 상태라면 따라잡을 수 없다고 생각한 유연은 필사적으로 외쳤다.

"한규호!"

바로 남편의 이름.

아들과 자신을 연결해 주는 유일한 공통분모였다.

만약 저 아이가 정말 자신의 아들이라면, 반응을 보일 것이었다.

그 예상대로 상혁은 발을 멈추고 고개를 돌렸다.

그는 당황스러운 기색을 감추지 못했다.

"당신이 그 이름을 어떻게……?"

목령인이 어떻게 아버지의 이름을 아는가?

혼란스러워하는 상혁을 향해 유연은 조심스럽게 걸어갔다.

"네 아버지고, 내 남편이니까."

유연이 그렇게까지 말했음에도 상혁은 믿을 수 없었다.

그녀가 하는 말이 전부 진실일까? 간절하고도 애절한 눈빛만 보면 그럴 수도 있다는 생각이 들었다.

그러나 이내 상혁은 고개를 흔들었다.

'목령인이 내 엄마라니. 그런 말도 안 되는.'

인간인 자신이 목령인인 유연의 아들이라고는 믿을 수 없었다.

"사람 잘못 보셨습니다."

상혁은 다시금 몸을 돌렸다.

정체는 들켰으나 자신이 잡히는 것과 무사히 도망치는 것에는 큰 차이가 있다.

이 이상 지체하다가는 서하에게 해가 갈 수도 있었다.

그렇게 상혁이 다시 발에 힘을 주려는 찰나.

"잠깐만! 아들아."

금방이라도 울 것처럼 떨리는 목소리가 뒤이어졌다.

"한 번만, 나한테 한 번만 기회를 주겠니?"

그 말에 상혁은 우두커니 멈춰 섰다.

이성적으로는 이곳을 빠져나가야 함을 알면서도 왜인지 모르게 발걸음이 떨어지지 않았다.

유연은 애원하듯 말했다.

"제발 한 번만……."

상혁은 고래를 돌려 유연을 바라봤다. 억지로 미소를 짓고는 있으나 충혈된 눈에서 눈물이 흘러나오고 있다. 이대로 자신이 가 버리면 죽어 버릴 것처럼 위태로운 모습이었다.

'그래, 한 번쯤이면.'

이상한 낌새가 느껴지면 다시 도망치면 된다.

그렇게 자신의 행동을 정당화한 상혁은 고개를 끄덕였다.

그러자 유연이 서둘러 목걸이를 빼더니 천천히 다가와 건넸다.

"이걸 끼워 볼래? 그러면 너도 알게 될 거야."

상혁은 의심쩍게 목걸이를 내려다보았다.

하지만 고작 목걸이 하나 차 주는 것만으로 자신이 유연의 아들인지, 아닌지를 확실하게 할 수 있다면 안 차 볼 이유도 없었다.

그렇게 상혁이 목걸이를 거는 순간.

흑철 목걸이가 빛을 뿜어내며 진동했다.

상혁은 화들짝 놀라며 뒷걸음질 쳤다.

너무 순진하게 유연의 부탁을 들어준 것이었을까? 목걸이가 함정일 거라는 생각도 했어야만 했다.

'이런……!'

그러나 걱정과 달리 빛은 상혁의 몸을 휘감은 뒤 흡수되며 이윽고 알 수 없는 힘이 샘솟기 시작했다.

'이게 무슨…….'

갑작스러운 변화에 상혁은 또다시 당황해했다.

그런 그를 유연이 감격스러운 눈빛으로 올려 보았다.

"역시 맞았어."

예상은 하고 있었지만 사실임이 증명되자 유연은 감격에 젖어 상혁의 얼굴을 따뜻하게 어루만졌다.

"우리 유진이야. 유진이가 돌아왔어."

이내 참아 왔던 눈물을 터트리며 상혁을 안았다.

"엄마가 미안해. 지금까지 못 알아봐서 미안해."

졸지에 양팔을 벌려 안게 된 상혁은 자신의 품에서 오열하는 유연을 내려 보았다.

이 여인의 눈물은 절대로 거짓이 아니었다.

그렇다면 정말 유연이 자신의 어머니일까?

유연이 이토록 확신하는 것을 보면 그럴 수도 있다는 생각이 들었으나 여전히 실감이 나지 않았다.

하지만 그럼에도 상혁은 유연의 등을 토닥여 주었다.

그저 그러고 싶었다.

그때였다.

"헐!"

분위기를 깨는 외침이 들려왔고, 소리가 들린 곳에는 창백하게 질린 여울과 민주가 서 있었다.

이윽고 여울이 벌벌 떨리는 손가락으로 상혁과 유연을 가리키며 말했다.

"스, 스승님이 왜 상혁 씨랑······."

경악하는 표정.

뭔가 심각한 오해를 한 것이 분명했다.

"그, 그게······."

뭐라고 설명해야 하지?

알고 보니 유연 씨가 내 어머니였다고 해야 하나? 그걸 여울이 과연 믿어 줄까?

그렇게 고민하는 사이에도 유연은 더욱 강하게 상혁을 끌어안았고 오해는 점점 깊어져만 갔다.

◆ ◈ ◆

회의를 마치고 친구들과 노닥거리고 있을 때 집정관 우사에게서 연락이 날아들었다.

'생각보다 답변이 빠르게 왔네.'

나는 우사가 보내온 서신을 펴 보았다.

- 오늘 자시(오후 11시) 초. 약도에 표시된 장소로 비밀리
에 나오도록.

당일 거래라니.

어지간히 빠르게 거래를 끝내고 싶어 하는 것만 같았다.

나는 그 이유를 비밀리라는 단어에서 유추할 수 있었다.

'전에도 다른 목령인들에게 비밀로 해야 한다고 경고했었지.'

그 말을 떠올린 나는 유연을 돌아봤다.

밖으로 잠시 나갔다 온 유연은 대놓고 나를 감시 중이었다.

'일단 유연을 떨쳐 내야 하네.'

그녀는 한순간이라도 나를 놓치지 않겠다는 듯 노골적으
로 노려보고 있었다.

저 살벌한 감시를 뚫고 빠져나간다?

'……미친 짓이지.'

천 리 밖의 목표도 일격에 죽일 수 있는 게 천리사궁이다.

그에 따라 멀리, 그리고 넓게 보는 시야를 필수적으로 갖춘다.

그 위력은 청신동란 때 민주가 보여 준 적이 있다. 아직 실
력이 미천한 민주도 10리쯤은 가볍게 여기는데 그녀의 스승
인 유연은 오죽할까?

궁신의 시야에서 벗어난다는 건 맨몸으로 우리 할아버지한테 덤비는 것이나 다름없다.

'그렇다고 방법이 없는 건 아니지.'

그 어떤 난제도 해결 방법은 존재하기 마련.

시야에서 벗어날 수 없다면, 그 시야를 잠시라도 다른 곳으로 돌리면 된다.

그리고 유연의 시선을 돌리기에 적당한 인물도 있었으니 말이다.

나는 민주를 몰래 불러 말했다.

"자시가 되기 일각 전쯤부터 궁도장에 나가서 활을 쏘도록 해."

"활은 왜?"

"그러면 네 스승이 너를 보러 갈 테니까."

유연의 성격이라면 잠시라도 시간을 내 수련하는 모습을 보러 갈 것이었다.

"네 스승님이 오면 최대한 오래 잡아 놓고."

"호오. 비밀 임무구나!"

"맞아."

"열심히 할게!"

민주는 신이 나서 고개를 끄덕였다.

별로 믿음직스럽지 못한 모습이었다. 그렇기에 다음 수 또한 준비했다.

바로 이준이를 나로 위장시키는 것이었다.

'그럼 조금이라도 시간을 더 벌 수 있겠지.'

유연의 눈에는 방 안에서 책을 읽는 모습으로만 보일 테니 말이다.

거기에 마지막 보험까지 들어 두었다.

바로 상혁이였다.

"만약 유연 씨가 내가 없어진 걸 알고 찾으려 들면 네가 시간 좀 끌어 줘."

아무리 궁신이라도 근접전에선 상혁이를 쉽게 떨쳐 낼 수 없을 것이다.

그렇게 모든 준비를 끝낸 나는 일전 통보받은 장소로 향했다.

약속 장소에 도착했을 땐, 우사가 나보다 먼저 도착해 있었다.

그는 시간이 없다는 듯 본론부터 꺼내 들었다.

"여기 생원과다."

나는 천천히 비단을 열어 안에 든 물건을 확인했다.

붉은 과일은 완벽한 구의 형태를 하고 있었다.

딱 보더라도 범상치 않아 보이는 과실.

'드디어……'

약선님을 살릴 수 있다.

하지만 감격하는 것도 잠시. 나는 감정을 숨기며 무덤덤하게 말했다.

"진짜 생원과가 맞습니까? 어떻게 생겼는지를 모르는지라."

"의심할 필요 없다. 생명수 님의 이름을 걸고 약속하지."

"그렇게 말씀하신다면 믿도록 하죠."

목령인이 할 수 있는 최고의 맹세였다. 거기다 인제 와서 우사가 나를 속일 이유도 없으니 더 따질 필요는 없겠지.

나는 생원과를 비단으로 감싼 뒤 품에 넣었다.

그러자 우사가 나에게 질문을 던졌다.

"원하던 목적을 모두 이루었으니 떠날 일만 남았겠군. 언제 돌아갈 생각인가? 이왕이면 빠르게 떠나 주었으면 좋겠는데."

나는 우사의 말에 고개를 끄덕여 주었다.

괜히 오래 머물다 다른 목령인들이 눈치채면 난처한 일이 벌어질 테니 말이다.

게다가 나 또한 서둘러 돌아가야 할 이유가 있었다.

약선님에게 조금이라도 빨리 이 생원과를 건네주어야만 하니 말이다.

"내일이 아니라 오늘 저녁이라도 떠나겠습니다."

"좋아. 빠를수록 좋지."

그렇게 길고 길었던 협상이 전부 끝나자 우사가 손을 내밀었다.

"다시 한번 말하지만, 배신할 생각은 하지도 말게."

경계하는 기색은 남아 있었다.

그러나 첫 회의에서 악수를 거부했던 것과 비교한다면 고무적인 변화였다.

나는 그런 그의 마음에 화답하듯 손을 맞잡았다.

"걱정하지 마십시오. 꼭 지키겠습니다."

어리석었던 선대들의 행동을 답습할 생각은 없다. 장기적으로는 인간을 향한 목령인들의 불신을 허물고 서로가 공존할 수 있는 기반을 마련하는 것이 나의 궁극적인 목표였으니 말이다.

그런 나의 마음을 아는지 우사는 만족스러운 얼굴로 고개를 끄덕였다.

"그럼 지켜보도록 하지."

그렇게 거래는 잘 끝났지만 아직 방심할 수는 없었다.

아직 유연이 남아 있기 때문이었다.

나름 대비를 갖춰 두긴 했지만 상대는 궁신이다. 풍부한 경험과 넓은 시야를 가진 그녀라면 이상한 낌새를 눈치챘을 것.

그렇다는 건 상혁이와 이미 충돌했을 가능성이 크며, 전투가 길어지면 길어질수록 유연을 죽일 수 없는 상혁이가 불리해질 것이다.

'만약 정체가 발각되기라도 한다면…….'

사태는 걷잡을 수 없을 정도로 심각해질 것이다.

이유야 어쨌든 인간이 목령인 정찰대장을 습격한 꼴이 되니 말이다.

'제발 별일 없어라.'

우사와의 거래가 빨리 끝난 덕분에 다행히 시간이 많이 흐르지 않았다.

최대한 빨리 돌아간다면, 어떻게든 최악의 상황은 막을 수 있을 것이다.

그렇게 신속하게 저택 근처까지 도착한 나는 육감을 발동했다.

유연의 위치를 확인하기 위함이었다.

이내 몇몇 이들의 위치가 육감에 감지되었다.

'뭐야?'

그런데 위치가 내 예상을 완전히 벗어난 장소였다.

바로 저택의 마당 한가운데.

거기다 둘이 아닌 넷의 기운이 한 장소에서 동시에 느껴지고 있었다.

둘은 상혁과 민주의 것이니, 다른 둘 중 하나는 유연의 것이 분명했다.

그리고 나를 더 당황스럽게 만드는 요소는…….

'왜 가만히 있지?'

치열한 전투가 벌어지고 있다면 기운의 충돌이 느껴져야 한다.

그런데 내부에서 감지된 기운들은 쥐 죽은 듯 가만히 있었다.

이 상황이 의미하는 바는 하나밖에 없다.

'유연에게 상혁이가 제압당했거나, 광명대원들이 유연을 제압했거나.'

어느 쪽이든 유연에게 모든 것을 들킨 상황이라는 것은 변

함없으리라.

'망할.'

둘 다 최악이라면 조금이라도 더 긍정적인 상황이길 바랄 수밖에 없었다.

나는 애써 마음을 다잡으며 저택의 대문을 박차고 들어갔다.

그리고 저택 안 마당에 들어섰을 때…….

"……?"

전혀 상상조차 해 보지 못했던 광경에 말문이 막힐 수밖에 없었다.

"뭔 상황이냐? 이게."

유연의 품에 안겨 있는 상혁이.

민주와 여울이는 그런 두 사람을 황망하다는 눈빛으로 바라보고 있을 뿐이었다.

이 뜬금없는 상황을 어떻게 받아들여야 할까?

나는 활동을 정지한 뇌를 억지로 가동시켜 정신을 차리곤 민주에게로 다가갔다.

표정으로 보아 당황스러운 건 그녀도 마찬가지일 테지만, 그래도 나보다는 이 사태에 대해 더 잘 알지 않겠나.

"대체 무슨 일이 있었던 거야?"

"상혁이는 어른스러운 사람이 취향일까?"

뭐지? 어디서 들어 본 적 있는 듯한 이 물음은?

아니, 그보다 왜 질문과 전혀 상관없는 소리를 하는 건지 모르겠다.

상태를 보아하니 여울이에게서도 건질 수 있는 정보는 없는 것만 같다.

그렇다면 직접 알아내는 수밖에.

나는 다시금 유연과 상혁을 돌아보았다.

내가 들어왔음에도 유연은 오직 상혁에게만 집중했다.

세상 사랑스럽다는 눈빛.

목령인이 인간에게 보일 수 있는 눈빛이 아니었다.

도대체 왜 저런 시선을 상혁이에게 보내고 있을까?

그뿐만이 아니었다.

유연은 상혁이의 얼굴, 어깨, 팔 등을 정성스레 쓰다듬었다.

민망한 듯 시선을 가만히 두지 못하면서도 상혁이는 묵묵히 이를 받아들이고 있었다.

'대체 어떻게 된 일인지.'

세상일이란 게 참 알다가도 모르겠다.

그렇게 한참, 감정에 복받쳐 있던 유연은 정신을 차리고는 상혁에게 말했다.

"그동안 어떻게 지냈니? 여기를 떠나서는 어디로 갔고? 밥은 잘 먹고 지내고 있니?"

유연의 질문이 거침없이 쏟아져 나왔다.

반면 상혁이는 난처한 기색이 역력했다.

"일단 안으로 들어가시죠. 바람이 찹니다. 그리고……."

상혁이가 사연 많은 얼굴로 나를 돌아봤다.

"서하도 함께 대화를 나누었으면 합니다."

"그래, 그러자꾸나."

유연은 흔쾌히 승낙해 주었다.

안 그래도 궁금한 것이 많았다. 그렇게 나는 유연을 따라 저택 안쪽의 응접실로 향했다.

상석에 앉은 유연은 그 순간에도 상혁이의 손을 놓지 않았다.

이윽고 유연의 질문 공세가 시작되었다.

지금까지 어디서 어떻게 살았는지, 무사가 되는 과정은 어땠는지, 사소한 것 하나도 빠짐없이 물어 왔고 상혁이는 착실하게 대답해 주었다.

"은희도 같이 살았구나?"

"은희 누나를 아세요?"

"그럼, 내가 규호 씨랑 함께 살 때 데리고 온 아이야. 지금은 많이 컸겠네. 은희도 한번 보고 싶구나."

유연은 작은 공통점에도 기뻐하며 말을 이어 갔다.

"그러면 지금은 무사가 된 거니?"

"네, 백의선인입니다."

"어머! 선인은 굉장히 되기 힘들다고 들었는데?"

선인이라는 말에 유연은 크게 기뻐했다.

"장하네, 우리 유진이. 규호 씨가 매우 좋아했겠어. 그이도 너에게 자신의 무공을 가르쳐 줘야 한다며 항상 갈고닦았었거든."

"아……."

"그러고 보니 남편은? 규호 씨는 잘 지내고 있니?"

상혁이는 잠시 머뭇거리더니 힘겹게 입을 열었다.

"……돌아가셨어요. 제가 다섯 살 때."

떨어질지 모르던 그녀의 입꼬리가 빠르게 내려갔다.

뒤이어 응접실에 정적이 내려앉았다.

"……그렇구나. 그랬어."

오직 유연의 혼잣말만이 울려 퍼질 뿐.

우수에 젖어 아랫입술을 꼭 깨문 채 생각에 잠겨 있던 유연이 힘겹게 입을 열었다.

"많이 힘들었겠구나. 엄마가 같이 있지 못해서……."

남편의 이른 죽음이, 홀로 감내했을 아들의 고생이 모두 자신의 잘못에서 비롯되었다 여기고 있는 것이었다.

상혁이는 서둘러 손을 내저었다.

"아닙니다. 그래도 괜찮았어요. 친구들이 많이 도와줬습니다. 특히 여기 서하가요."

"서하가?"

유연이 처음으로 나를 돌아본 순간이었다.

상혁이는 확신에 가득한 표정으로 고개를 끄덕거렸다.

"네, 서하가 없었으면 지금의 저도 존재하지 못했을 거예요."

이후 상혁이의 입에서 나와 있었던 이들이 흘러나왔다.

접수장에서 만난 것부터 시작해 함께 입학시험을 치른 것, 성무대전에서 역사에 남을 연극을 펼친 것, 수많은 위기 가운데 목숨을 건졌던 것까지.

상혁이의 친구 자랑은 끝이 날 줄을 몰랐다.

듣는 당사자로서는 낯간지러워 몸 둘 바를 모르게 만들 내용이건만.

유연은 상혁이의 이야기를 한 글자도 놓치지 않겠다는 듯 진지하게 귀에 담았다.

그렇게 장황했던 '이서하와 한상혁의 대서사시'가 마침내 끝을 맺었을 때, 유연이 나를 돌아봤다.

그리고는 전에는 상상할 수 없던 감사함 가득한 눈빛으로 말했다.

"우리 유진이가 좋은 친구를 두었구나. 고맙다. 서하야."

아무리 관심받는 것을 좋아하는 나라도 이런 상황에서는 쑥스럽다.

"아닙니다. 친구 좋다는 게 뭡니까? 하하하."

그렇게 너스레를 떤 나는 최대한 자연스럽게 물었다.

"그런데 뭐 하나만 물어봐도 될까요?"

"그래, 물어보렴."

"유연 씨와 상혁이의 관계에 대해 정확하게 알 수 있을까요?"

그렇게 묻자 유연이 미소와 함께 말했다.

"여기 상혁이가 내 아들이란다."

역시나.

두 사람의 대화로 눈치는 채고 있었던 참이다. 하지만 유연의 입으로 직접 들으니 뭘 어떻게 반응해야 할지 모르겠다.

나는 조심스럽게 다시 한번 물었다.

"그런데 유연 씨는 목령인이고 상혁이는 인간 아닙니까? 어떻게 두 사람이 모자지간일 수 있죠?"

그에 대한 답은 상혁이에게서 나왔다.

"나도 그렇게 생각했는데……."

그리고는 차고 있던 목걸이를 꺼내 나에게 보여 주었다.

"이게 엄…… 유연 씨 아들 건데 주인한테만 반응한다고 하는 물건이라고 하더라고. 뒤에 이름이 있어."

난 목걸이를 돌려 이름을 확인했다.

그곳에는 한유진이라는 이름 석 자가 적혀 있었다.

"한유진?"

나는 답을 구하기 위해 유연에게로 시선을 돌렸다.

"너희는 상혁이라 부르고 있으나, 이 아이의 본래 이름은 유진이란다."

목령인으로서의 이름이라는 뜻이었다.

그 이후 상혁이는 목걸이가 어떤 반응을 보였는지를 설명해 주었다.

오직 목령인들만 가질 수 있는 흑철 무구가 힘을 주었다면 상혁이가 주인임이 확실했다.

상황이 완전히 이해가 된 나는 고개를 끄덕였다.

"그러면……."

그때, 여울이 내 말을 끊으며 벌떡 일어났다.

"그러면 상혁이도 목령인이나 다름없는 거네요?"

"내 아들이니 목령인이기도 하고, 인간이기도 하지."

"그러면 저랑 잘될 수도 있겠네요?"

……왜 갑자기 그런 방향으로 꺾이는데?

그보다 어떻게 저런 말을 유연 씨 앞에서 당당하게 할 수 있지?

나는 천진난만하게 말하는 여울을 경악하며 돌아봤다.

아니나 다를까.

유연이 싸늘하게 정색하며 말했다.

"지금 뭐라고 했니? 여울아."

흉흉한 살기가 응접실을 가득 채웠다.

"꿈도 꾸지 마라, 제자야. 너한테는 절대로 안 보낼 거니까."

그렇게 유연이 살벌한 경고를 하는 순간.

"딸꾹!"

민주가 딸꾹질을 시작했다.

불쌍한 민주. 말도 못 꺼내 보고 경고를 들은 셈이었다.

그렇게 민주와 여울이 풀이 죽으며 잠시의 소란은 금세 사그라들었고.

나는 눈에서 꿀이라도 떨어질 것만 같은 유연과 이를 부담스러워하는 상혁이에게로 시선을 옮겼다.

'평범하지 않다고는 생각했지만.'

이제야 상혁이 어떻게 그 말도 안 되는 재능을 가지고 태어났는지를 알 것만 같았다.

절반이긴 하지만 목령인의 피가 흐른 덕이었다.

애초에 인간이 아니었구먼. 이놈.

'그래도 잘됐어.'

회귀 전, 상혁은 일찍이 아버지를 여의고 운성에서 모진 학대를 받다 이름도 알 수 없는 촌에서 비극적인 최후를 맞이했었다.

감히 나 따위가 영웅이라 칭송받았던 그의 인생을 평가할 수는 없지만, 상혁이의 삶은 행복과는 거리가 멀었다.

그러나 이번 생은 달랐다.

일찍이 나와 함께하며 재능을 키울 수 있었고, 잃어버렸던 어머니와 재회함으로써 진짜 가족을 얻게 되었다.

'지금이라도 사랑받으며 살 수 있겠지.'

좋은 친구고 착한 놈이지만, 어느 순간만큼은 안타깝게 바라볼 수밖에 없었다.

방학이나 휴가를 맞아 집으로 돌아갈 때였다.

그때마다 상혁이의 얼굴에 어린 감정은 보는 나조차 슬프게 만들었다.

좋을 때보다 싫을 때가 더 많을지라도 가족은 가족이다.

피가 물보다 진하다는 말은 역사적으로 증명된 사실이니까.

하지만 상혁이에게는 그런 존재가 단 한 명도 존재하지 않았다.

주은희와 은악 사람들이 있다지만, 그들에게도 명백한 한계가 있다.

그들이 아무리 노력한다 한들 세상에 나왔을 때부터 평안을 가져다준 이들엔 비할 수 없다.

부모란 자식에게 마음의 안식처와 같은 존재.

그들의 빈자리는 그 무엇으로도 메울 수 없다.

아무리 회귀한 나라 해도 말이다.

그런 상혁이에게 어머니란 존재가 생겼다.

바라보는 눈빛만으로도 좋은 어머니가 될 것이라는 확신을 주는 이가 말이다.

"축하한다, 상혁아. 진심으로 내가 더 기쁘다."

나의 말에 상혁은 씁쓸하게 웃었다.

"그래, 고마워."

그렇게 얼추 상황 파악과 정리가 끝나고 나는 빠르게 이성적으로 돌아왔다.

감정적 여운이 남아 있지만, 지금은 현실적인 이야기를 시작할 때였다.

"아들과의 재회를 방해하는 거 같아 죄송하지만, 몇 가지 물어보고 싶은 것이 있습니다."

"물론 답해 줘야지. 아들의 은인인데."

전처럼 경계하는 기색 같은 건 없었다.

진짜로 친구 어머니를 만나는 느낌이랄까?

덕분에 편안하게 질문할 수 있었다.

"감사합니다. 그럼 사양하지 않고 여쭙겠습니다. 저를 감시하는 임무를 받으셨습니까?"

"맞아. 너를 지켜보라는 게 나한테 내려진 임무였다."

"그것을 지시한 건 대장군입니까?"

"내게 그런 명령을 내릴 수 있는 이는 그 사람밖에 없지."

나는 즉시 다음 질문을 이어 갔다.

"어디까지 보셨습니까?"

"누군가에게서 물건을 받는 것까지."

결국 들켰던 것인가?

어떻게든 현장을 들키지 않기 위해 몇 겹으로 준비를 했었는데 말이다.

난처한 상황이다.

집정관의 예상대로 이미 눈치를 채고 있던 대장군이 감시자를 붙였고, 거래 장면까지 발각되었다.

불을 붙이면 활활 타오를 일만 남은 상태였다.

그렇다고 모든 게 끝났다는 것은 아니다.

이제부터가 중요하다.

나는 유연에게 단도직입적으로 물었다.

"그럼 앞으로 어떻게 하실 생각입니까?"

"평소였다면, 바로 사실대로 전달해야 하겠지만……."

유연은 상혁이에게로 시선을 던지며 나긋하게 말했다.

"지금은 우리 아들이 원하는 대로 해야지."

유연의 말에 상혁이는 한 치의 고민도 없이 말했다.

"전 서하가 원하는 대로 해 줬으면 합니다."

대답이 떨어지자마자 유연은 미소와 함께 나를 돌아봤다.

"우리 아들의 뜻이 그러하다는구나."

상상치도 못한 곳에서 돌파구가 생겨났다.

상혁이가 없었다면 지금쯤 대장군의 귀에 생원과 거래 내용이 들어갔겠지.

아니, 천리사궁에 내 머리가 뚫렸겠지.

생각해 보니 정말 엄청난 위기를 넘긴 것이었다.

그렇게 서늘해진 간담을 쓸어내릴 때, 유연이 먼저 물음을 던졌다.

"그럼 이제 서하 너의 계획을 들어 볼 차례구나. 어떻게 해 줬으면 하니?"

나는 앞으로 어떻게 할 것인가.

이에 대해선 우사를 만나고 돌아올 때 이미 생각해 둔 계획이 있었다.

"저희는 최대한 빨리 이곳 호현을 벗어날 생각입니다. 그러니 오늘 보신 것은 모두 비밀에 부쳐 주실 수 있겠습니까?"

"물론이지. 대장군에게는 잘 둘러대도록 하마."

"감사합니다. 그리고……."

나는 상혁이를 바라보며 말했다.

"상혁이를 잠시 부탁해도 되겠습니까?"

"물론……."

하지만 상혁이가 발끈하며 유연의 말을 막았다.

"잠깐만! 나는 왜 남아? 지금 전쟁 중이잖아. 고수가 한 명이라도 더 필요한 상황 아니야?"

그리고는 자기가 실언을 한 것을 깨닫고는 유연을 돌아봤다. 어머니를 만나자마자 다시 떠나겠다고 말한 것이나 다름없으니 말이다.

그럼에도 따라가겠다는 기색만큼은 거두지 않았다.

아니, 그보단 불만에 가까운 표정이었다.

마치 이곳에 남으라는 이유를 납득하지 못하겠다는 듯한…….

'이 자식, 지금 단단히 착각한 거 같은데.'

호현에 남으라고 이유가 단순히 유연 때문이라 생각하는 건가?

아무래도 설명이 부족했던 모양이다.

나는 작게 한숨을 내쉰 뒤 못다 한 설명을 보충했다.

"단순히 어머니랑 시간을 보내라고 여기 남으라는 게 아니야."

"그러면?"

나는 여전히 못마땅하다는 상혁이에게서 유연에게로 시선

을 돌렸다.

"만약에라도 제가 생원과를 가져간 걸 대장군이 알게 되면 무슨 짓을 저지를지 모릅니다. 집정관을 공격할 수도 있고, 임무를 똑바로 수행하지 못한 유연 씨에게 해를 가할 수도 있습니다. 수련을 위해 남은 민주를 노릴 가능성도 높습니다. 인간이니 분노를 표출하는 데도 거리낌이 없을 테니까요."

나는 시선을 돌려 상혁이의 두 눈을 똑바로 마주했다.

이것이 네 역할이니 반드시 이행하라는 의미를 담아.

"가까이로는 네 어머니와 동료, 멀게는 훗날 인간과 목령인 간의 평화를 위한 주춧돌까지. 이들을 지키는 것이 네가 해야 할 일이야. 목령인의 힘을 수련하고 익히는 것도 포함해서."

목령인들 또한 나찰처럼 특수한 힘을 가지고 있다. 그렇다면 진명의 불사 능력처럼 상혁이에게도 어떠한 능력이 있을 터.

민주와 집정관 우사를 보호하는 것도 중요했지만, 목령인으로서의 힘을 각성하는 것도 간과해선 안 됐다.

그것이 상혁이가 호현에 남아야 하는 이유였다.

"그러니까 다시 볼 때까지 목령인의 힘을 각성해서 와라. 언제까지 우리 부대 3인자에 만족할 거야?"

장난스럽게 말하자 상혁이가 씁쓸하게 웃었다.

"알았어. 두고 봐. 복귀할 때는 내가 광명대 최강자가 되어 있을 테니까."

"아이고, 그러세요? 가능하겠냐? 난 밥도 안 먹고 수련할 건데?"

"난 밥도 안 먹고 잠도 안 잘 건데?"

"그럼 내기하자고. 다시 만났을 때 더 약한 쪽이 한 달간 광명대 막내 하는 거로. 어때?"

"좋지. 우리 서하는 대장만 해 봐서 걸레질 같은 거 힘들 텐데. 걱정이네."

그렇게 너스레를 떨던 상혁이는 미소와 함께 손을 내밀었다.

"더 강해져서 보자. 서하야."

"물론이지."

그렇게 상혁이와의 인사를 마친 나는 유연에게 말했다.

"그럼 저희는 바로 출발하겠습니다. 상혁이와 민주를 잘 부탁합니다."

"걱정하지 말아라. 내 아들과 내 제자는 목숨을 걸고서라도 지킬 터이니."

유연의 말에 나는 고개를 숙여 인사를 한 뒤 응접실 밖으로 향했다.

자신의 어머니, 궁신의 밑에서 상혁이는 더 강해져 돌아올 것이다.

천재니까.

그렇게 응접실 밖으로 나가자 나를 기다리고 있는 아린이와 광명대원들이 보였다.

정이준 또한 그곳에 있다.

저놈 얼굴을 보니 갑자기 불안해지기 시작했다.

'이거 잘못하면 진짜 막내 되는 거 아냐?'

빤히 바라보자 이준이가 얼굴을 만지작거리며 말했다.

"제 얼굴에 뭐 묻었습니까?"

"아니, 못생겨서 쳐다봤다."

"뭡니까. 갑자기?"

"됐다. 출발하자."

다시 미친 듯이 수련해야겠다는 생각이 들기 시작했다.

달이 밝은 밤.

대장군이 홀로 앉아 있는 방에는 어둡고 음습한 공기가 흘렀다.

아무런 말도 없이 술잔을 기울이던 그는 잠시 창밖으로 시선을 돌리며 중얼거렸다.

"인간과의 동맹이라……. 그런 병신 같은 실수를 하려 하다니."

외로운 밤, 대장군은 인간들 때문에 사라진 막내아들을 떠올렸다.

젊을 때의 자신을 쏙 빼닮았으며 누구보다 강한 능력까지 타고났다.

아비를 뛰어넘는 것은 물론 역사에 길이 남을 인물이 될 것이라 예상했다.

그렇기에 각별한 애정을 쏟았고, 무슨 소원이든 이루어 주려 했다.

그러나 그 재능을 꽃피우기도 전에 아들이 죽었다.

호현을 나가 아미숲으로 향했다는 아주 작은 일탈치고는 너무나도 참혹한 결과였다.

'인간들 때문이다.'

아들이 죽은 것도, 목령인들이 이곳 호현에 처박히게 된 것도, 모두 인간들 탓임에 틀림없다.

그렇기에 어떤 이유를 가져다 대더라도 인간과의 동맹은 받아들일 수 없었다.

하물며 생원과를 준다?

목령인들 중에서도 선택받은 극소수만이 그 모습을 영접할 수 있는 생원과를?

집정관이 미치지 않고서는 있을 수 없는 일이었다.

그러나 세상에 절대라는 개념은 존재할 수 없다.

만약 집정관이 진짜로 미쳐 생원과를 인간에게 건넸다면…….

'그때는 응분의 대가를 치러야 할 것이다. 우사.'

그렇게 생각을 마치는 순간.

누군가가 방문을 열고 안으로 들어왔다.

"대장군님!"

정찰대원이었다.

"무슨 일이냐?"

"그게 인간들이……."

정찰대원은 잠시 말을 잇지 못했다.

급히 오느라 숨이 차올랐기 때문일까? 아니면 자신의 노기가 본인에게 향할지도 모른다는 두려움 때문일까?

이유야 어쨌든 그것은 그리 중요하지 않았다.

풍백은 차분한 표정을 유지하며 입을 열었다.

"그들이 도시를 떠났는가?"

"아, 네! 그, 그렇습니다."

"그런가."

뭔가를 음미하던 풍백이 경직된 채 멀뚱히 서 있는 정찰대원을 바라봤다.

"더 보고할 게 남았나?"

"아, 아닙니다."

"그럼 이만 나가 보도록."

"네? 아! 알겠습니다!"

정찰대원이 허둥지둥 나가고 풍백은 작게 숨을 내쉬며 생각에 잠겼다.

광명대가 도시를 떠났음에도 유연에게서 보고가 없다.

그것으로 생각할 수 있는 가정은 총 세 가지.

이서하가 우사와 거래하지 않고 떠났거나, 감시를 맡긴 유연이 당했거나.

그것도 아니라면…….

'유연이 배신을 했거나.'

생각이 거기까지 미친 풍백은 신음과 함께 말했다.

"모두 네 말대로 되었군."

마치 풍백의 혼잣말에 대답이라도 하듯 뒤이어 한 음성이
흘러나왔다.

"어떻소? 이젠 내 말을 믿겠소?"

풍백은 목소리의 주인을 돌아보았다.

엡실론.

이곳 호현에 숨어든 나찰이었다.

'정말로 이 나찰은 모든 것을 보고 들을 수 있는 것인가?'

아마도 나찰로 태어나며 얻게 된 요술의 힘일 것이다. 목
령인과 마찬가지로 그들 또한 다양한 힘을 가진 채 삶을 시작
하니 말이다.

하지만 풍백은 이를 곧이곧대로 믿지 않았다.

목령인들에게 있어선 나찰 또한 인간과 다름없이 하등한
종족일 뿐이었으니 말이다.

하지만 이제는 그런 생각을 버릴 수밖에 없다.

별것 아니라 치부하기엔 그가 말했던 모든 것들이 현실이
되고 있었으니까.

풍백은 엡실론에게 들었던 말 중 가장 충격적인 내용을 다

시금 되물었다.

"정말로 유연이 아들을 만나 나를, 목령인들을 배신한 것이냐?"

엡실론은 미소를 지었다.

"이젠 받아들일 때도 되지 않았소? 부정하고 싶겠지만, 틀림없는 사실이오."

"하긴……."

굳이 의심하지 않아도 이 또한 진실일 것이다.

착잡한 심경에 눈을 감으니 짙은 어둠 뒤로 한 광경이 펼쳐졌다.

피 흘리며 쓰러져 있는 사내와 그의 품속에서 빽빽 울어 대던 어린아이의 모습이었다.

오래전 제 손으로 끝냈다 여겼던 한규호와 그의 아들이었다.

'내 불찰이구나.'

그때 끝까지 쫓아가 확실히 끝맺었어야만 했다. 그들의 숨이 끊어지는 것을 확인하고 시체를 불태워 흔적조차 남지 않게 없애 버렸어야 했다.

그러지 않았기에 유연의 아들이 호현으로 다시 돌아왔고, 그 결과 그녀가 배신하는 상황으로 이어졌다.

모든 게 스스로의 능력을 맹신해 저질렀던 과거의 실책 때문이었다.

그러나 작은 실책에 비해 잃게 된 것은 너무나도 거대했다.

'아쉬운 인재를 잃게 되겠군.'

인간과 결혼해 돌아온 유연을 처음부터 눈여겨본 것은 아니었다.

아니, 냉정히 말하자면 그녀 또한 기회가 찾아오면 인간과 함께 척살할 생각이었다.

그러나 2년간 옆에서 지켜본 유연은 그 어떤 목령인보다 뛰어난 재능을 가지고 있었다.

초절정 이상의 고수는 천 명의 일반 무사보다 더 가치 있는 법.

그렇기에 풍백은 유연을 잡아 두기 위해 귀찮은 방법을 써 가며 한규호를 제거했다.

그 결과, 기대대로 그녀는 천리사궁의 극의를 깨우쳤다.

역사를 돌이켜 봐도 천리사궁의 극의를 깨우친 자는 없다.

그만큼 목령인들에게 있어 유연이 갖는 의미는 남달랐다.

방금 전까지는 말이다.

'결국 또다시 인간의 편으로 돌아서는구나.'

풍백은 작게 신음한 뒤 말했다.

"이제 남편 곁으로 보내 줄 때가 되었군."

결정을 내린 풍백은 엡실론에게 시선을 돌렸다.

"……전에 했던 제안은 아직 유효한가?"

풍백의 말에 엡실론이 미소를 지으며 그의 어깨에 손을 얹었다.

"물론이오. 인간들은 내가 죽여 주겠소. 대장군은 마음 편히 반역자들을 처리하시오. 대신……."

전과는 달리 엡실론은 새로운 조건을 덧붙였다.

"앞으로 있을 전쟁에서 우리 나찰을 도와주었으면 하오."

"기존에 했던 제안은 인간들과 동맹을 맺지 말아 달라는 것 아니었나?"

"그건 그때의 이야기고."

엡실론은 풍백의 어깨를 두드리며 출구로 향해 걸어갔다.

"나를 떠봤으면 그만한 대가는 치러야 할 거 아니오?"

"……."

"혹시 모를까 봐 하는 말인데, 지금도 시간은 가고 있소. 그러니 빨리 선택하는 것이 좋을 것이오. 혼자서 두 마리 토끼를 허둥지둥 쫓다가 모두 놓칠지, 아니면 나와 함께 완벽한 사냥을 할지."

잠시 고민하던 풍백은 고개를 끄덕였다.

"……하긴, 전쟁을 통해 필요한 물자를 얻는 것도 나쁘지는 않겠지."

그리고는 자신의 검을 챙겨 자리에서 일어났다.

"그대의 제안을 받아들이겠다. 대신 나 또한 한 가지 조건을 덧붙이고 싶군."

"복잡한 조건이라면 이 자리에서는 조금 그렇소만."

"아니, 전혀 복잡할 것 없다."

풍백은 표정을 굳히며 말했다.

"인간들을 전부 죽였다는 증거로 그들의 목을 가져와라."

실수는 한 번 저지르는 것으로 족하다.

같은 과오를 반복하는 건 더 이상 용납할 수 없었다.

엡실론은 그 제안에 미소로 화답했다.

"확실한 걸 좋아하는 성격인가 보오. 그건 마음에 드는군."

"그리고 성산을 더럽힐 수는 없으니 전투는 경계를 벗어나고 하도록."

"신경 쓸 게 그리 많아서야 제대로 전투를 할 수나 있겠소?"

풍백이 노려보자 엡실론은 어깨를 으쓱했다.

"그래도 동맹의 요구이니 들어주도록 하겠소. 그럼 난 한시가 급해서 이만."

그렇게 엡실론이 빠져나가고 풍백은 자신의 검을 내려다보며 말했다.

"그럼……."

어리석은 반역자들을 심판할 시간이 되었다.

Chapter 111.

상혁은 떠나가는 광명대의 뒷모습을 조용히 바라보았다.

언제나 함께하던 동료들과 헤어지는 것이 익숙하지 않은 상혁이었다.

유연은 그런 아들의 마음을 아는 듯 다가와 위로했다.

"그렇게 걱정할 거 없어. 곧 다시 만날 수 있을 거야. 우리가 다시 만난 것처럼."

"네, 어머니……."

상혁은 어머니라는 호칭이 어색한지 말끝을 흐렸다.

그런 아들을 흐뭇하게 바라보던 유연은 팔짱을 끼며 말했다.

"그보다 지금 시간 괜찮니? 함께 가 주었으면 하는 곳이 있는데."

"지금 이 시간에 말입니까?"

"응. 너를 꼭 보고 싶어 할 사람들이 있어서. 가자꾸나."

유연은 대답을 듣지도 않고 상혁을 이끌고 어디론가 향했다.

그렇게 도착한 낡은 저택.

유연은 추억에 담긴 얼굴로 입을 열었다.

"여기 기억나니? 네가 2살 정도까지 살았던 집인데."

"죄송합니다. 하나도 기억이 안 나네요."

"하긴, 그렇겠지? 너는 모르겠지만, 여긴 네 할아버지와 할
머니의 집이야. 두 분이 너를 무척이나 예뻐했단다."

"그랬군요."

너무 어렸을 적의 일이라 감흥이 없었다.

유연은 그런 아들의 손을 잡고 저택의 대문을 두드렸다.

"안에 누구 있느냐?"

그러자 하인이 헐레벌떡 뛰어나와 문을 열었다.

"아가씨께서 어쩐 일이십니까?"

"아버지와 어머니를 만나러 왔어."

"이 늦은 시간에 말입니까?"

"응, 중요한 일이라. 가서 두 분을 좀 깨워 주겠니?"

"……네, 아가씨."

하인은 고개를 갸우뚱하며 집 안으로 들어갔다.

유연과 상혁은 거실에 앉아 할아버지와 할머니가 나오는

것을 기다렸다.

얼마 지나지 않아, 한 노부부가 방에서 걸어 나왔다.

아직 잠이 덜 깬 듯 피곤함이 역력한 노인이 유연을 발견하고는 미간을 찌푸리며 말했다.

"무슨 급한 일이기에 이 밤에 찾아왔느냐?"

"그러게 말이에요. 아가, 무슨 일 있니?"

"아버지, 어머니께 꼭 보여 드리고 싶은 사람이 있어 찾아왔습니다."

"보여 주고 싶은 사람이라니?"

노부부는 그제야 유연의 옆에 있는 청년에게로 시선을 돌렸다.

그러자 유연이 미소와 함께 말했다.

"인사하세요. 유진입니다."

딸의 말에 노부부는 놀란 얼굴로 상혁을 훑어봤다. 그러나 이내 유연의 아버지가 불같이 화를 내며 말했다.

"지금 이 늦은 시각에 찾아와서 한다는 말이 본 적도 없는 이놈이 유진이라고? 지금 나랑 장난치는 것이냐! 유진이는……."

그는 차마 말을 끝맺지 못하고 한숨을 내쉬었다. 유연의 어머니 역시 의심의 눈초리로 상혁을 바라볼 뿐이었다.

"연아. 네가 아들을 그리워하는 것은 알고 있지만 이 어미는 믿을 수가 없구나."

그러나 유연은 그러한 의심 속에서도 은은한 미소를 지을 뿐이었다.

한결같이 사랑스러운 눈으로 청년을 응시하는 딸의 모습에 두 노부부는 유심히 청년을 바라보기 시작했다.

그리고 이내 조금 전까진 눈치채지 못한 어떠한 물건을 발견할 수 있었다.

바로 손자의 것과 같은 형태의 목걸이였다.

그리고 그것이 목령인들만이 가질 수 있는 흑철 무구이자, 자신들의 손자 유진의 것이라는 것 또한 깨달을 수 있었다.

항상 딸의 목에 걸려 있던 두 목걸이 중 하나가 보이지 않았기 때문이다.

이에 먼저 반응한 것은 상혁의 할머니였다.

"호, 혹시 그 목걸이를 봐도 되겠니?"

상혁이는 조심스럽게 손을 뻗어 오는 할머니에게 목걸이를 쥐여 주었다.

뒷면에 새겨진 한유진이라는 이름을 확인한 할머니는 그제야 상혁의 얼굴을 찬찬히 훑어보았다.

"……닮았구나. 네 아비를 똑 닮았어."

할머니는 천천히 상혁의 얼굴을 손으로 만져 보았다.

높고 오똑한 콧날과 큰 눈, 날카로운 턱 선까지.

기억 한구석에 자리 잡은 누군가와 똑 닮은 얼굴이었다.

20년 전 떠나 버린 사위가 다시 돌아온 것처럼.

"여보, 유진이에요! 우리 유진이가 돌아왔어요! 감사합니다, 생명수님! 감사합니다!"

"그럴 리가……."

상혁이 자신의 손자임을 확신하고 기뻐하는 할머니와 달리 할아버지는 복잡한 얼굴로 손자를 바라볼 뿐이었다.

"정말이냐? 네가 정말 유진인 것이냐?"

쉽게 믿을 수 없는 듯 되묻는 할아버지.

이에 상혁은 허락을 구하듯 유연을 돌아보았다. 유연이 고개를 끄덕이고 상혁은 목걸이에 기운을 불어넣었다.

이윽고 목걸이가 진동하며 거대한 기운을 뿜어냈다.

"……."

그 광경을 멍하니 바라보던 할아버지는 이내 고개를 끄덕였다.

"……유진이가 맞구나. 그 어린 것이 살아 있었어."

손자임을 확신했음에도 할아버지는 상혁에게 다가가지 못했다.

그의 눈에는 반가움이 가득했으나 그와 함께 죄책감 또한 서려 있었다.

그렇게 한참을 묵묵히 서 있던 할아버지는 용기를 내어 상혁에게 다가갔다.

"무사해서 다행이다."

그렇게 상혁의 어깨를 잡아 보던 할아버지는 힘겹게 입을 열었다.

"아비는 잘 있느냐?"

첫 질문은 사위에 관한 것이었다. 이에 상혁이 씁쓸하게 말했다.

"아버지는 제가 5살 때 돌아가셨습니다."

"다섯 살?"

할아버지는 짐짓 놀란 표정으로 고개를 끄덕였다.

"……그렇구나. 그랬어."

오래전 잃었다 여겼던 손자가 돌아왔다면 분명 기뻐해도 부족할 상황이었다.

그런데도 그의 표정에 드리워진 근심은 쉬이 사라지지 않았다.

"그래, 집에 잘 돌아왔다."

할아버지는 상혁의 어깨를 두드리고는 유연에게 시선을 돌리며 말했다.

"유연아. 잠시 시간 좀 내줄 수 있느냐?"

"네? 중요한 게 아니면 나중에……."

"지금 해야 하는 말이란다. 무엇보다 중요하기도 하지. 돌아온 유진이에게도……."

한 차례 상혁을 바라본 할아버지는 다시금 유연에게로 시선을 돌리며 비장하게 말을 끝냈다.

"너에게도 말이야."

아버지의 표정을 본 유연은 마지못해 고개를 끄덕였다.

"알겠습니다."

유연은 아버지를 따라 서재로 들어갔다. 그러자 아버지는 서재 문을 잠그고 밖을 살피며 무언가를 확인하기 급급했다.

그리곤 휘장으로 창을 가리고 나서야 딸을 돌아보며 나지막하게 말했다.

"한 가지 너에게 말해 줘야 할 것이 있단다."

"아버지, 무슨 말씀을 하시려고……."

얼마나 중요한 내용이기에 이렇게까지 하는 것이냐.

그렇게 물으려던 순간이었다.

아버지가 천천히 무릎을 꿇었다.

"아버지!"

언제나 가부장적인 권위를 내세우고 본인의 고집대로 이어 가길 원하던 사람이 바로 자신의 아버지였다.

그런 존재가 딸 앞에서 무릎을 꿇다니.

단 한 번도 상상해 보지 못한 모습이었다.

이에 유연이 화들짝 놀라 일으키려 할 때, 아버지의 음성이 들려왔다.

"미안하구나. 내가 죽을죄를 지었다."

유연의 손이 허공에서 우뚝 멈춰 섰다.

미안하다? 대체 무엇이 미안하단 말인가?

그리고 죽을죄는 또 뭔가?

아버지가 그만큼 커다란 잘못을 자신에게 저지른 적이 있었던가.

도무지 해소되지 않는 물음들에 유연의 머릿속은 점차 혼란스러워졌다.

"지금 대체 무슨 이야기를 하시는 거예요? 그것도 유진이를 되찾은……."

이렇게 행복한 순간에.

그렇게 말하려던 유진이 입술을 멈췄고 이내 얼굴은 새파랗게 질렸다.

순간 떠오른 가정을 애써 뿌리쳐 보지만, 한번 자리 잡은 생각은 오히려 그녀를 더욱 강하게 뒤흔들었다.

죽을죄를 지어 미안하다는 아버지의 한탄.

그 말을 다른 날도 아니고, 꿈에도 잊지 못했던 아들을 되찾은 이 순간에 무릎까지 꿇어 가면서 꺼낸다는 것.

이제까지 숨겨 왔었고, 이때가 아니면 하지 못할 말이라면 하나뿐이었다.

한규호.

자신의 남편에 대한 이야기밖에는 없다.

"변명같이 들릴지 모르겠지만, 그때는 그것이 최선이라 생각했다. 너에게도, 저 아이에게도……."

유연의 아버지가 힘겹게 고개를 들며 말했다.

"네 남편은 너를 버린 적이 없단다."

그 순간.

아들을 만나 기쁨으로 가득했던 유연의 마음에 커다란 파문이 일었다.

◆ ◆ ◆

호현을 떠난 나는 속도를 올려 아미숲에 돌입했다. 달빛조차 들지 않는 숲은 소름이 돋을 정도로 고요했다.

그 탓인지 쓸데없는 잡념이 계속해서 나를 괴롭혔다.

'이걸로 해결된 걸까? 별일 없겠지?'

목표로 했던 생원과는 이상 없이 손에 넣었다.

그렇게 계획은 원활하게 이어지고 있음에도 마음 한구석엔 불안감이 자리 잡고 있었다.

'스승님께서 말씀하셨던 그대로여야 할 텐데.'

약선님은 현재 단전과 기혈이 전부 파괴되어 선천진기마저 유출되고 있었다.

위중한 상황이나 다를 바 없지만, 생원과가 들었던 대로의 효과만 발휘할 수 있다면 한번 기대해 볼 만했다.

신의 선물이라 불리는 뛰어난 영약이니 그 이름에 걸맞은 능력은 보여 주지 않겠는가.

하지만 긍정적으로 생각할수록 뒤따르는 부정적 상황에 대한 가정은 가슴이 뛰게 만들었다.

'이미 늦어 버린 상황이면 어떡하지?'

115

최대한 서두른다 했지만, 양천에 도착할 때까지 약선님이 살아 계시리라곤 장담할 수 없다.

만약 늦은 시점에 도착해 버릴 경우, 생원과로 죽은 사람마저 살리는 게 가능할까?

'그게 가능할 리가 없지.'

효능을 직접 확인한 게 아니니 확신할 수 없지만, 아마 불가능할 것이다.

아무리 뛰어난 영약이라 할지라도 생사 여부를 결정할 수 있는 건 존재하지 않을 테니까.

결국 양천에 도착해 약선님의 상태를 확인하고 생원과 효과를 검증하기 전까진 어떤 것도 확실할 수 없다.

그렇게 기대와 불안을 반복하며 혼란이 가중되어 가던 도중.

누군가 옆으로 다가와 조심스럽게 입을 열었다.

"서하야."

아린이의 목소리에 나는 정신을 차리고 그녀를 돌아봤다.

"응? 왜?"

"무슨 일 있어? 출발한 뒤부터 표정이 좋지 않아서."

걱정스러운 눈빛. 평소에는 나를 가만히 지켜보는 아린이가 이렇게 말할 정도라면 어지간히도 표정이 좋지 않았다는 소리다.

본의 아니게 민폐를 끼쳐 버렸네.

"미안, 생각할 게 있어서."

그러자 아린이가 미소를 지어 보이며 말했다.

"너무 걱정하지 마. 약선 할아버지는 잘 버티고 계실 거야. 생원과도 얻었으니 다 잘될 거고."

아린이 말대로다.

한시라도 빨리 생원과를 가져가는 것만 생각하면 될 일이다.

쓸데없이 걱정해 봤자 이 이상 내가 할 수 있는 일은 없으니까.

그렇게 잡념을 떨쳐 낸 나는 고개를 돌려 대원들의 얼굴을 살펴보았다.

그들 또한 아린이와 비슷하게 내 눈치를 살피고 있었던 듯싶다.

다만, 그들의 표정에 어린 불안은 아마 다른 이유 때문도 있을 것이다.

돌이켜 보니 급히 호현을 떠나야 한다는 것에 집중해 향후 계획에 대해선 자세히 설명한 적이 없었다.

거기에 내 표정까지 어두워져 있었으니 덩달아 불안해지는 것도 당연한 일일 테지.

사태의 원인이 나인 이상 대원들의 불안을 풀어 주는 것도 내 몫이었다.

"다들 이동하면서 들어. 우리는 바로 양천으로 향할 거야. 최대한 빠르게 이동할 테니 각오들 단단히 하고."

"그래."

"알겠어."

지율이와 김채아가 고개를 끄덕이며 대답했다.

그때 이준이가 손을 들며 말했다.

"저기, 대장님. 질문 하나 해도 됩니까?"

"말해 봐."

"상혁 선배는 정말로 같이 안 가는 겁니까?"

그러고 보니 상혁이의 상황도 설명해 주지 않았었구나. 거 참, 어지간히도 머릿속이 생원과로만 가득 찼었나 보다.

"어디까지 알아?"

"그 유연 정찰대장이란 사람과 뭔가 있다는 거 정도요?"

"그분이 상혁이 엄마래."

"……네?"

이준이는 놀란 얼굴로 되물었다.

"워우……, 어떻게 그렇게 됩니까?"

"그게 좀 복잡한데, 자세한 얘기는 나중에 해 줄게."

지금은 달리는 데 집중해야 하니 말이다.

나는 최대한 요점만 간단히 이어 갔다.

"어쨌든 오랜만에 엄마를 만났는데 바로 데리고 갈 수는 없잖아. 함께 시간도 보내고 해야지."

"아, 그렇네요."

이준이는 생각이 많아진 얼굴로 고개를 끄덕였다.

매일같이 투덕거리긴 했으나 상혁이는 이준이의 사수로

그와 가장 많은 시간을 함께했었다.

미운 정도 정이라고 아쉽겠지.

"걱정하지 마. 다시 안 볼 사이도 아니고 금방 다시······."

그렇게 내가 위로할 때 이준이가 침울하게 중얼거렸다.

"날 지켜 줄 사람이 하나 줄어 버리다니······."

그게 걱정이었던 거냐?

난 또 상혁이가 사라져서 아쉬워하는 줄 알았네. 아니, 애초에 그런 걸 이준이한테 기대하면 안 되는 건가?

그렇게 푸념한 이준이는 내 옆으로 다가오더니 주변 눈치를 보며 작게 속삭였다.

"근데 전 이제 누구랑 놉니까?"

"광명대가 노는 곳이 아닐 텐데?"

"아니, 그래도 사람 사는 맛은 있어야 할 거 아닙니까? 대장님이 보시기엔 그게 가능할 거 같아요?"

확실히.

바보 둘이 빠지니까 그 누구도 실없는 소리를 하지 않는다. 아니, 아예 대화가 없다고 보는 게 맞다.

그 상황에서 나까지 살벌한 표정을 짓고 있었으니 이준이 입장에서는 죽을 맛이었겠지.

그래도 이준이랑 잘 맞는 사람이 없는 건 아니다.

"김채아 선인이 있잖아. 둘보단 못해도 나름 놀리는 재미는 있지."

"그렇긴 하죠."

"서열도 네가 위니 부담도 덜할 테고, 어차피 네 호위나 다름없잖아."

"호오."

호위라는 말에 눈을 반짝이며 반응하는 이준이였다.

이 녀석 정말로 자기 안위만 신경 쓰고 있었구나.

"그럼 선배로서 우리 막내랑 어서 놀아 줘야겠네요."

그리고는 신이 나서 김채아 선인에게 다가간다. 하지만 몇 마디도 하지 못하고 바로 뒤통수를 얻어맞았다.

안 봐도 뻔하다.

아마도 '넌 나의 고기 방패다!' 이런 말이나 하지 않았을까?

'사실은 맞는 걸 즐기는 게 아닐까?'

맞을 걸 알면서도 매번 저러는 걸 보면 말이다.

그렇게 정신없이 달리기를 한참.

"잠깐만 서하야."

바로 옆에서 달리던 아린이가 갑자기 멈춰 서며 미간을 찌푸렸다. 그런 그녀의 모습에 나 또한 멈춰 서서 물었다.

"왜 그래? 무슨 일 있어?"

"조금 이상하지 않아?"

"뭐가? 잘 모르겠는데."

아린이는 한 차례 더 주변을 돌아본 뒤 확신을 담아 말했다.

"우리 계속 같은 곳을 달리는 거 같아."

"그게 무슨 소리야? 같은 곳이라니."

아미숲은 낮에도 무성한 나무들로 인해 길을 헤매기 쉽고, 밤에는 달빛조차 들지 않아 한 치 앞도 분간하기 힘들다.

게다가 주변 모습도 거기서 거기라 같은 곳을 맴돌고 있다는 것을 쉽게 알아채기 어렵다.

그러나 아린이의 말을 가볍게 넘길 수도 없었다.

평소 이런 걸로 장난치는 성격도 아니었으며, 그녀의 표정 역시 예사롭지 않았다.

한 번은 확인하고 가는 것이 좋을 것만 같다.

나는 육감을 펼쳐 주변을 감지해 보기 시작했다.

그로부터 얼마 지나지 않아 이상한 무언가가 감지되었다.

"느껴지지?"

"응, 이건……."

거대한 음기의 응집체였다.

나찰도, 마수도 없는 아미숲에서 이 정도의 음기가 느껴진다는 건 분명 예사로운 상황이 아니었다.

"어느 순간부터 전체적으로 음기의 농도가 올라갔어. 계속 같은 곳을 맴도는 듯한 기분도 그때부터였고."

나찰의 피를 가진 아린이였기에 느낄 수 있는 것이었다.

하지만 나 역시 쓸데없는 잡념에 빠져 있지 않았다면 알아차릴 수 있었을 것이다.

내 실책이었다.

하지만 자책하고 있을 때가 아니었다.

"그럼 확실하게 하고 가자."

나의 말에 아린이가 고개를 끄덕였다.

"응, 잠시만."

그리고는 기를 방출하며 주변의 나무들을 전부 쓰러트렸다.

지금의 어둠 속에서는 나무에 흠집을 내는 것만으로 확인하는 건 어려웠기 때문이다.

그렇게 우거진 나무들이 쓰러지면서 거대한 공터가 생겼다.

"다시 출발하자."

그렇게 우리는 다시 앞으로 달려 나가기 시작했다.

설마 하면서도 계속해서 불안감이 엄습해 왔다.

'에이, 아닐 거야.'

아니어야만 한다.

그저 단순한 기우일 것이다.

그러나 나의 간절한 기도는 한 장소에 도착하며 물거품이 되어 버렸다.

"……."

지금 내 두 눈에 보이는 건 조금 전 아린이가 만든 그 공터.

그녀의 말대로 우리는 같은 곳을 맴돌고 있었다.

"이, 이게 어떻게 가능하죠?"

이준이가 나를 바라보며 대답을 구했다.

"아니, 우린 그냥 앞으로만 달렸잖아요. 근데 어떻게 빙 돌

아서 다시 이곳으로 오냐고요? 무슨 진(陳) 안에 갇힌 것도
아니고······."

"네 말이 맞아."

인정하고 싶지는 않았으나 이준이의 말대로다.

"우리는 지금 진에 갇힌 거다."

"말도 안 돼!"

머리를 부여잡고 혼란스러워하는 이준이를 밀어젖히며 김
채아 선인이 걸어 나왔다.

"잠깐만. 아무리 생각해 봐도 이해가 안 되는데? 이런 곳에
진을 칠 이유가 뭐가 있겠어? 무슨 이득이 있고?"

김채아의 의견은 타당했다.

진이라는 건 무언가를 보호하기 위해, 혹은 누군가를 유인
해 함정에 빠뜨리겠다는 목적이 반드시 수반된다.

고로 바보가 아닌 이상에야 아미숲에 진을 만들 이는 없다.

사람들의 왕래도 적고 나찰이나 마수가 존재하는 것도 아니
어서 진을 형성함으로써 얻게 될 이득이 전무했으니 말이다.

'물론 일반적으로 생각하면 그렇지.'

다른 때라면 그렇게 생각할 수 있다.

하지만 현 상황을 감안하면, 이 진을 만든 사람의 의도는
명백했다.

"우리를 노린 거야."

목령인을 만나러 간 나를 노리고 함정을 파 놓은 것이었다.

하지만 김채아의 의문은 여전히 남아 있었다.

"그렇다 쳐. 하지만 대장도 눈치채지 못할 정도의 진을 누가 칠 수 있는데? 적어도 이 왕국에 그 정도 실력을 갖춘 자는 없잖아."

이 또한 맞는 말이다. 내가 눈치채지 못할 정도로 정교한 진을 만들 수 있는 인간은 왕국에, 아니 이 세상에 없다.

'인간에 국한한다면 말이지.'

아린이가 헤매고 있다고 말한 이후부터 한 존재가 떠올랐었다.

그럼에도 단순한 기우라 생각했고 착각이라 여겼다.

아니, 솔직하게 말하면 애써 모른 체하며 억눌렀다고 봐야 했다.

잠시 찾아온 짐작이 실제로 벌어진다면 너무도 버거운 현실이 될 테니 말이다.

그렇게 꽁꽁 숨겨 왔던 하나의 가설이 옭아매던 손아귀를 빠져나와 다시 고개를 들어 올린다.

모든 요소들이 자신을 가리키고 있음을 부정하지 말라는 듯이.

'아니길 바랐는데……'

나에게 악의를 품고 있으면서 이 정도 수준의 진을 펼칠 수 있는 자.

조금 전 느껴진 것처럼 강한 음기를 뿜어낼 수 있는 존재.

내가 아는 한 그게 가능한 이는 단 하나뿐이었다.

"……엡실론."

위대한 일곱 혈족 중 하나이자 멀리서 보는 것만으로도 두려움에 떨게 만들었던 나찰.

지금 그가 이곳에 와 있다.

그리고 그 순간.

하늘에서 우레와 같은 목소리가 들려왔다.

"정답이오."

그와 동시에 눈앞으로 한 남자가 모습을 드러냈다.

"나의 세계에 온 것을 환영하오."

7척은 될 것만 같은 큰 키에 마른 몸. 그 역시 나찰 특유의 하얀 피부와 붉은 눈을 가지고 있었으며, 이마에 난 뿔은 마치 투구처럼 머리를 감싸고 있다.

회귀 전에 보았던 엡실론, 그대로의 모습이었다.

"빨리 눈치채셨구려. 알파도 그렇고 선생도 그렇고 당신을 경계하는 이유를 알 것만 같소."

"……"

최악의 순간에, 최악의 상대를 만나 버렸다.

"그런데 나에 대해서는 어떻게 알고 있소? 내 이름을 아는 거로 보아 구면인 거 같은데, 우리가 언제 본 적이 있소?"

미소를 지으며 고개를 갸웃하는 엡실론.

전쟁터에 나온 자의 얼굴이 아니었다.

나는 작게 한숨을 내쉬며 말했다.

"풍문으로 들어서 알고 있다."

"호오, 나에 대한 소식이 이곳 왕국까지 퍼져 있었다니. 영광이오."

"그럴 필요 없어. 아주 변태 같은 놈이라고 소문이 났거든."

"그렇소? 잘 알려진 거 같아 기분이 좋군."

욕이라 느끼기에 충분한 내용임에도 오히려 칭찬으로 받아들인다.

그래, 저놈에겐 갈채를 보내는 것이나 마찬가지겠지.

엡실론은 상대를 죽이지 않는 것으로 유명했었다.

정확히 말하자면 몰살하는 경우가 없었다는 것이다.

그렇게 놓고 보면 다른 나찰에 비해 굉장히 자비롭게 느껴지지만, 실상은 달랐다.

엡실론은 자신이 만든 세계 안에서 상대의 감정을 실컷 가지고 놀다가 단 한 명만을 살려 준다.

죽으면 절망을 만끽할 수 없다는 것이 그의 논리였다.

오직 상대의 불행과 절망에서 희열을 느끼는 변태.

그래도 그 성향 덕분에 어떤 부대든 한 명은 살아서 돌아올 수 있었다.

정상적인 정신 상태를 유지하는 이들은 손에 꼽았지만 말이다.

대부분은 당시의 기억을 떠올리면 자지러지기 일쑤였고,

그것이 반복되며 육체 또한 피폐해져 갔다.

간혹 정신을 유지하며 복수심을 불태운 고수들도 있었지만.

'복수에 성공한 사람은 아무도 없었지……'

여타의 이들과 동일하게 절망 속에서 허우적대다가 비참히 생을 마감할 뿐이었다.

'나는 다르리라.'

회귀의 가능성을 인지하게 된 이후, 나는 생존자들을 찾아가 정보를 얻는 데 주력했다.

엡실론의 바람대로 스러져 갔던 이들과 동일한 삶을 살지 않기 위해.

하여 보잘것없고 변변찮게 느껴지는 것일지라도 하나하나 기록했고 머릿속에 새겼다.

그것들이 모여 서서히 뼈대를 이루고 살을 붙이며 종국에는 하나의 존재가 되었다.

지금 눈앞에 서 있는 엡실론이 말이다.

반면 저놈은 나에게 그런 관한 정보가 있음을 알지 못한다.

그 허점을 이용해야만 한다.

나는 아린이의 옆으로 가 나지막이 말했다.

"이 진을 지탱하는 핵이 있을 거야. 그걸 네가 찾아 줘."

음기를 감지하는 데는 나보다 아린이가 더 뛰어나다.

"그래, 알았어."

"주지율, 정이준, 김채아. 세 사람은 나랑 같이 나찰의 시선을 끈다."

엡실론은 샨다처럼 요술이 위협적일 뿐, 스스로의 무력이 압도적인 나찰은 아니었다.

그가 여유를 부리며 나를 가지고 노는 동안 아린이가 요술의 핵을 찾아 파괴한다면 승산이 있다.

그렇게 불행 가운데 희망의 불씨를 키우려는 찰나.

"아, 잠시 잊고 있었소."

엡실론이 비릿한 웃음을 머금으며 말했다.

"그쪽 스승이 위독하다고 들었소만."

"······!"

순간 머릿속이 새하얘졌다.

멍청하게도 가장 중요한 한 가지를 간과하고 있었다.

엡실론은 상대의 불행을 즐기는 나찰이다.

오늘 그를 만난 건 절대 우연이 아니다. 나를 기다리고 있었음을 대놓고 드러냈으니 말이다.

그 말은 곧 내가 호현에 있음을 알고 있었다는 의미였다.

'그렇다는 건······.'

목령인을 만나려 한 목적이 무엇인지도 눈치채고 있다는 뜻이었다.

결국 엡실론이 내 약점을 쥐고 흔들 수 있다는 말이나 다름없었다.

아니나 다를까.

"미안하오. 내 배려해 준다는 걸 깜빡했소. 그대의 원대로 약은 전할 수 있도록 해 주겠소. 이렇게."

딱!

엡실론이 손가락을 튕기는 순간.

"어……!"

지율이, 이준이, 그리고 김채아 선인이 눈앞에서 사라졌다. 이마저도 당황스럽지만, 그것이 끝이 아님을 알고 있었다.

급히 떨리는 손을 품속으로 넣어 보았지만, 손에 닿는 것은 옷감이 전부.

"……"

역시나 아무것도 없다.

품 안에 고이 모셔 뒀던 생원과가 자취를 감춰 버렸다.

세 사람과 함께 사라진 것이 분명했다.

시선을 들어 엡실론을 바라보니 여전히 예의 미소를 유지하고 있었다.

"참 자비로운 나찰 같지 않소? 이젠 스승에 대한 걱정은 필요 없으니, 제 기량을 맘껏 펼쳐 보시오."

히죽 웃는 놈의 입꼬리가 더욱 치켜 올라갔다.

그와 함께 조롱과 업신여김 또한 더욱 생생하게 피부에 와 닿았다.

저놈의 말이 곧이곧대로 믿을 만큼 순진한 것이 아니란 것 역시도.

"……개소리하지 마."

엡실론이 수많은 고수들을 어떻게 가지고 놀았는지를 잘 안다.

그가 만약 내 친구들을 밖으로 내보냈다면 그 또한 나를 더욱 괴롭히기 위함이었다.

'헛된 희망을 주어 절망을 극대화한다.'

그것이 엡실론의 방식이었다.

그리고 그러한 방식으로 미루어 보아…….

"누구랑 같이 왔냐? 알파? 베타? 시그마? 아니면 로냐?"

누군가 그의 요술 밖에서 내 친구들을 기다리고 있는 것이 확실했다.

내가 이 진을 파훼하고 나갔을 때 동료의 시체를 맞이하게끔.

헛된 희망이 절망으로 바뀔 수 있도록 말이다.

"……호오?"

엡실론은 감탄사와 함께 손뼉을 쳤다.

"나에 대해 아는 것이 그저 소문뿐은 아닌 거 같구려. 정답이오."

그리고는 미소와 함께 말해 주었다.

"밖에는 시그마가 있소."

시그마.

그 이름에 내 표정이 굳었다.

대화가 안 통하는 미친 나찰이 밖에 있다.

그런 내 표정을 읽은 엡실론이 흥미롭다는 듯 말했다.

"표정을 보니 시그마도 잘 아는 모양이오? 이거 알면 알수록 놀라움의 연속이구려."

엡실론이 눈을 가늘게 뜨며 나를 지그시 응시하더니 다시금 입을 열었다.

"반전은 물 건너갔으니 그럼 이렇게 하겠소. 한번 발버둥쳐 보시오. 혹시 아오? 시그마가 그쪽 동료를 전부 죽이기 전에 빠져나갈 수 있을지. 풉."

스스로의 말에 조소를 터트리는 엡실론이었다.

그러거나 말거나.

이제 더 이상 엡실론과 입씨름을 하고 있을 필요가 없다.

"아린아, 부탁해. 최대한 빨리 핵을 찾아 파괴해 줘."

나는 극양신공을 발동하며 천광을 뽑아 들었다.

"가자, 아린아."

엡실론을 죽이거나, 핵을 파괴하거나.

무언가라도 해내야만 한다.

밖의 내 친구들이 모두 죽기 전에.

아미숲.

그 고요한 숲에 한 남자의 비명이 울려 퍼졌다.

"으어어어어!"

정이준이었다.

돌연 허공에서 나타나 소리를 내지르던 그는 자신의 몸을 쓰다듬고 나서야 안도의 한숨을 내쉬었다.

"하아, 사라지는 줄 알았네."

온몸이 분해되는 듯한 느낌.

다시는 겪고 싶지 않은 경험이었다.

"다들 괜찮으세요?"

정이준의 물음에 김채아는 한 손으로 머리를 짚으며 말했다.

"조금 어지러운 거 빼면 괜찮아."

"나도 별일 없어."

괜찮다는 말에 안도하던 정이준은 문득 이상함을 느끼고 뒤를 돌아봤다.

돌아온 대답이 단 두 개뿐이었기 때문이다.

"대장님이랑 부대장님은요?"

그제야 주지율과 김채아 또한 이서하와 유아린이 함께 있지 않다는 사실을 깨달았다.

당황도 잠시.

주지율은 바로 냉정을 되찾고 상황을 직시했다.

아린이가 파괴해 휑하던 공터는 온데간데없이 빽빽한 나무들로 가득한 것을 보면 전과는 다른 장소임을 알 수 있었다.

"아무래도 우리만 빠져나온 거 같네."

"그런 거 같습니다."

김채아 선인도 같은 것을 느낀 듯 보였다.

한 공간을 맴돌았다는 사실을 고려하면 나찰의 요술에서 빠져나왔다는 건 깊이 고민할 문제도 아니었다.

현 상황이 파악되자마자 가장 먼저 든 생각은 지금이라도 다시 엡실론의 세계에 들어가 서하를 도와야 한다는 것이었다.

주지율은 인상을 찌푸리며 말했다.

"다시 돌아갈 방법을 찾아야 합니다."

그때 김채아가 냉정히 말했다.

"어떻게? 그게 가능할 거라 생각해?"

"……."

주지율은 대꾸할 말이 떠오르지 않았다.

의사에 상관없이 빠져나온 이상, 다시 들어가는 건 불가능에 가까울 것이다.

두 사람이 갇혀 있는 진이 어느 곳에 있는지 불분명하다는 것도 문제였다.

아미숲 전체를 일일이 들쑤실 수도 없는 노릇이니 말이다.

'그렇다고 가만히 있을 수는 없어.'

무의할지 모르나 아무것도 안 하는 것보단 뭐라도 하는 게 나을 것이었다.

그렇게 결정 내린 주지율이 한 걸음을 내딛는 순간.

툭.

그의 발에 무언가 걸렸다.

비단으로 싸여진 물건.

'이건⋯⋯.'

비단 속 내용물을 확인한 그는 작게 한숨을 내쉬었다.

자신이 해야만 할 일이 정해진 것만 같다.

"우리는 양천으로 가죠."

그러자 정이준이 혼란스러워하며 되물었다.

"대장님이랑 부대장님은 어떻게 하고요?"

"두 사람이라면 무사히 빠져나올 수 있을 거야."

"그걸 어떻게 확신해요? 상대는 나찰이라고요! 그것도 그 위대한 뭐시기 말입니다."

"그래?"

주지율은 흥분한 정이준을 바라보며 되물었다.

"그럼 너한테 묻지. 우리가 뭘 도울 수 있지?"

"그건⋯⋯."

정이준은 말끝을 흐렸고, 대답을 요한 게 아니었다는 듯 주지율이 말을 이어 갔다.

"백번 양보해서 다시 나찰의 요술 안으로 들어간다고 하더라도⋯⋯."

주지율은 스스로에게 말하듯 작게 되뇌었다.

"우리는 큰 전력이 되지 못할 거야."

인정하기 싫은 현실이었다.

오미크론, 그리고 로의 전투를 직접 본 주지율은 자신의 실력이 그들의 발끝에도 미치지 못한다는 것을 잘 알고 있었다.

정이준과 김채아 역시 부정하지 못했다.

그 자리에 함께했던 두 사람이었으니 아는 것이다.

떠올리기 싫은 기억이면서도 스스로의 한계를 명확히 깨닫게 만들어 주는 경험이었으니 말이다.

그렇게 잠시 세 사람 사이에 정적이 내려앉았고, 주지율은 두 사람 앞으로 비단에 싸인 무언가를 내밀었다.

"그러니 우리가 할 수 있는 걸 한다. 서하 대신 이것을 양천으로 가져가는 거야."

생원과.

서하의 스승이자 이 나라의 기둥인 약선을 살릴 영약이었다.

이를 본 김채아는 고개를 끄덕이며 수긍했다.

"그래, 그쪽 말대로 하는 게 좋겠네."

"……."

반면 정이준은 쉽게 대답하지 못하고 머리를 쥐어뜯었다. 그러나 그도 이내 무엇이 최선인지를 인정하고 고개를 끄덕였다.

"그래요. 대신 저는 호현으로 가겠습니다. 상혁 선배랑 민주 선배를 데리고 여기로 다시 돌아올게요. 혹시라도 대장님이 나올 때를 대비해서."

"좋은 생각이야."

주지율의 수락에 정이준은 고개를 끄덕였다.

그렇게 세 사람이 결정을 내릴 때였다.

"너희들이 광명대인가?"

공기 중을 타고 살기 가득한 목소리가 들려왔다.

이윽고 한 나찰이 모습을 드러냈다.

엡실론보다 더욱 거대한 체구를 가진 나찰. 극도로 발달된 승모근과 대흉근에서 그의 힘이 느껴졌으며 이마에 칼날과도 같이 돋아난 3개의 뿔은 희미한 달빛에 반짝였다.

눈앞의 나찰이 엡실론과 같은 위대한 혈족 중 하나라는 것은 굳이 묻지 않아도 뻔한 일.

정이준은 침을 꼴깍 삼키며 물었다.

"……이제 어쩌죠?"

후배의 말에 주지율은 작게 숨을 내쉬었다.

'하필이면 이럴 때에…….'

이서하, 유아린, 한상혁.

광명대 인원 중 위대한 일곱 혈족을 상대로 그나마 버틸 수 있는 것은 그 세 사람이 끝이었다.

그러나 서하와 아린이는 엡실론의 요술에 갇혀 있고 상혁이는 저 멀리 호현에 있다.

냉정하게 말해 살아남을 방법이 없다는 말이나 마찬가지였다.

세 사람 모두 살아남는다는 전제로 가정할 경우에 그랬다.

'누군가 남아 시간을 끈다면.'

미약하나마 1푼의 가능성이라도 만들 수 있을 것이다.

불가능한 것과 불가능에 가까운 것엔 분명한 차이가 있으니 말이다.

그리고 누군가 나찰을 막아야 한다면…….

"이준아, 네가 이걸 양천으로 가져가라."

그것은 자신이 도맡아야 할 역할이었다.

"네? 선배가 가지고 가면 되는 걸 왜 저한테 줘요?"

정이준의 물음에도 묵묵부답으로 일관하며 생원과를 건넨 주지율은 김채아에게 시선을 돌렸다.

"선인님은 이준이의 호위를 부탁드립니다."

"……."

그때 김채아가 굳은 표정으로 다가와 조용히 말했다.

"설마 혼자 남을 생각은 아니겠지?"

무늬만 막내일 뿐 경험 많은 선인답게 주지율의 생각을 눈치챈 것이었다.

"그럼 내가 남을게. 너보다는 내가 나을 거야."

이성적으로 생각하면 그녀의 말이 옳았다.

실력으로 보나 경험으로 보나 아직은 김채아가 자신보다 나을지도 몰랐다.

"아니요."

하지만 주지율은 단호하게 거절했다.

137

"제가 낫습니다."

"그럼 둘이서 하지. 하나보다는 더 승산 있지 않겠어?"

"그건 안 됩니다. 무슨 일이 있어도 이준이는 양천에 도착해야 됩니다. 혹여 가는 길에 무슨 일이 생길지도 모르니 선인님이 반드시 동행하셔야 합니다."

주지율은 메고 있던 창을 빼 들며 등을 돌렸다.

"부탁합니다. 꼭 그것을 약선님에게 전해 주세요."

서하를 위해.

그리고 자신의 죽음이 헛되지 않게끔 말이다.

김채아는 주지율을 가만히 쳐다보았다.

'설득할 수 없겠구나.'

물론 주지율의 뜻이 그렇다는 것일 뿐, 받아들일 의무는 없다.

그의 말대로 정이준을 안전하게 양천으로 데리고 갈 수도 있고, 고집을 부리며 함께 남아 싸울 수도 있다.

둘 중 하나를 선택하는 건 순전히 김채아의 자유.

그녀가 상대해 비하면 너무도 보잘것없게 여겨질 최선임의 등을 바라봤다.

강한 고집과 완고함이 느껴지면서도, 언젠가 자신이 부하들을 지키기 위해 목숨을 걸었을 때와 동일한 결의 또한 전해져 왔다.

그렇기에 김채아는 어떤 선택을 내려야 하는지도 잘 알고 있었다.

"뜻대로 하지."

무사라면 언제나 감정을 배제하고, 오직 임무 완수를 위한 선택을 내려야만 한다.

이 순간 광명대원으로서 맡은 임무는 생원과를 차질 없이 약선에게 전달하는 것.

그것이 최선임이 하달한 명령이었고, 막내가 반드시 이행해야 할 의무였다.

"꼭 전달할 테니 걱정 마."

김채아는 아랫입술을 잘근잘근 씹으며 정이준에게로 다가갔다.

"가자. 정이준."

"잠깐만요! 다 같이 힘을 합치면……."

"시간 없어."

정이준을 잡아끄는 김채아의 손이 살짝 떨렸다.

수많은 임무를 해 온 그녀지만 지금처럼 자신이 무력하게 느껴진 적이 없었다.

그렇게 반쯤 끌려가던 정이준은 주지율을 향해 외쳤다.

"선배! 꼭 살아 돌아와야 합니다! 꼭이요!"

그 말에 주지율은 코웃음 쳤다.

"어려운 부탁을 하네."

그러면서도 두 눈은 시그마에게서 떨어지지 않았다.

혹시라도 그가 정이준과 김채아를 따라가려 할 때를 대비하기 위함이었다.

그러나 시그마는 떠나는 두 사람을 심드렁하게 바라볼 뿐
이었다.

주지율이 이를 다행이라 여기며 속으로 안도의 한숨을 쉴
때, 지금껏 굳게 다물어져 있던 나찰의 입이 열렸다.

"이서하가 아니라 이상한 잡종이 있네."

엡실론은 분명 이서하를 사냥할 수 있게 해 주겠다고 했다.

그런데 지금 눈앞에 나타난 것은 듣도 보도 못한 창잡이뿐
이지 않은가.

"그 쓰레기를 믿은 내가 병신이지."

엡실론의 배신 아닌 배신에 분노한 시그마는 작게 신음했다.

"일단……."

그리고는 살기를 내뿜었다.

"네가 가진 행복부터 해방하도록 하지."

말이 끝나기 무섭게 시그마가 돌진해 왔다.

"……!"

주지율은 반사적으로 창을 들어 시그마의 곤봉을 막았다.

캉! 하는 소리와 함께 총격파가 주지율을 덮쳤다. 그리고
그 충격파만으로도 주지율은 중심을 잃고 날아갔다.

"크윽."

그렇게 멀찌감치 날아간 주지율은 겨우 정신을 차리며 자
세를 잡았다.

시그마는 그런 주지율을 어이가 없다는 듯 바라보았다.

"약하군. 그런 실력을 가지고 용케 내 발목을 잡을 생각을 했어."

"……그러게."

예상대로다.

자신은 위대한 일곱 혈족의 발끝에도 미치지 못한다.

"원래 내 실력이라면 이 일 합을 버틴 것도 기적이겠지. 하지만……."

자신은 타고난 재능이라고는 눈곱만큼도 찾아볼 수 없는 둔재.

그렇기에 매 순간 최선을 다했다. 수련을 할 때도, 임무를 수행할 때도 자기 위치에서 스스로에게 할당된 일을 해내기 위해.

그리고 주지율은 지금까지 단 한 번도 대장, 이서하를 실망시킨 적이 없었다.

그것이 주지율의 자부심이자 명예였다.

"지금부터는 달라질 거야."

그 순간 주지율의 몸에서 서하가 내뿜던 것과 같은 황금빛 기운이 흘러나오기 시작했다.

극양신공(極陽神功).

유아린에게 배운 그 순간부터 단 한 순간도 극양신공의 수련을 멈춘 적이 없던 주지율이었다.

이윽고 거대한 황금빛 기운이 아미숲의 어둠을 밀어낼 정도로 커지고 주지율은 구룡창법의 자세를 잡았다.

구룡창법(九龍槍法). 제1식 풍뢰룡(風雷龍).

황금빛으로 빛나는 바람과 번개의 용이 시그마를 향해 날아들었다.

첫 합 때와는 차원이 다른 공격.

시그마가 곤봉으로 쳐 내려 했으나 주지율의 창은 마치 바람처럼 휘어지며 그의 목으로 날아들었다.

"……!"

방심하고 있던 시그마가 놀란 듯 몸을 비틀었고 주지율의 창이 그의 목을 스쳤다.

시그마는 얼른 거리를 벌리고는 목을 만져 보았다.

"하아, 어이가 없네."

목에 난 상처에서 피가 새어 나오고 있었다.

저 허접한 무사의 창이 위대한 일곱 혈족인 자신의 피부를 베어 낸 것이었다.

그 상황에 놀란 것은 주지율 또한 마찬가지였다.

'된다!'

차원이 달라진 자신의 속도에 놀라 연격을 이어 가진 못했으나 느낌을 알게 된 이후라면 구룡창법을 완벽하게 펼칠 수 있을 것이다.

'나 혼자 저 나찰을 죽일 수 있다.'

그렇게 생각할 때였다.

"콜록!"

갑작스러운 기침을 손으로 막은 주지율은 굳은 얼굴로 손바닥을 바라봤다.

마치 타 버린 듯한 검붉은 피.

각혈이었다.

극양신공이 벌써부터 그의 몸을 태우고 있다는 뜻이었다.

그러나 굳었던 얼굴은 금세 무표정으로 뒤바뀌었다.

'괜찮아.'

서하를 실망시키는 것에 비한다면 죽음 따윈 별것 아니었다.

'모든 것은 나의 주인을 위해.'

무사는 한번 정한 주인을 위해 기꺼이 죽을 수 있어야 한다.

'내 모든 것을 태우리라.'

그것이 주지율의 신념이었다.

Chapter 112.

호현.

엡실론이 떠난 직후 풍백은 믿을 수 있는 부하들을 불러 모았다.

"유연이 집정관 측에 붙으며 목령인을 배신했다."

"……갑자기 무슨 말씀이십니까?"

부하들은 믿을 수 없다는 반응을 보였다.

"그게 사실이라 해도, 집정관에게 붙은 것과 목령인을 배신한 것 사이엔 아무런 연관도 없지 않습니까?"

다른 이들도 같은 생각이라는 고개를 끄덕였다.

풍백은 그런 반응을 담담한 표정으로 응시했다.

이미 예상한 바였고, 이후 꺼낼 말도 정해져 있었다.

"그 사실만 놓고 본다면 그리 생각할 수 있지. 그러고 보니 한 가지 설명이 빠졌군."

"그게 뭡니까?"

잠시 휴지를 두며 부하들의 의문을 키운 풍백이 단호한 음성을 내뱉었다.

"집정관 우사가 인간에게 생원과를 넘겼다."

여태껏 반신반의하던 무사들이 순식간에 표정을 굳혔다.

상급 무사들이라면 대부분 생원과가 어떤 과실인지를 잘 알고 있다.

오직 100년에 한 번, 신이 목령인들에게 주는 선물.

너무나도 귀하며 대단하다는 말도 부족할 만큼의 효과를 지닌 것이 바로 생원과였다.

"확실한 겁니까? 감히 어떻게 그런 행동을……."

"사실이다. 거래 현장을 목격했고, 인간 무리가 호현을 떠났다는 게 그 증거다."

"어찌 그럴 수 있단 말입니까!"

수많은 이들이 목에 핏대를 세우며 분노를 터트렸다.

가족이 젊은 나이에 병에 걸려 죽어 갈 때도 생원과를 요구하지 않았다.

아무리 뛰어난 실력을 가졌고 장래가 유망한 동료라 할지라도 분루를 삼키며 그의 죽음을 받아들였다.

100년에 단 하나만 나는 생원과는 그 누구보다 중요할 인물이 다쳤을 때 사용되어야 했으니 말이다.

그 사고를 갖게 된 데에는 장로들의 침묵도 영향이 없진 않았다.

그들이 반응하지 않았다는 건, 죽어 가는 가족과 동료가 목령인에게 중요한 사람이 아니라는 간접적 표시였으니까.

그렇기에 이별의 아픔을 가슴에 묻으며 견뎌 냈고, 그런 희생을 발판 삼아 지켜 온 게 생원과다.

그 보물을 인간 따위에게 넘긴다는 건 절대 용납할 수 없는 일이었다.

분노는 순식간에 이성을 집어삼키고 감정의 회용돌이로 돌변했다.

자연스레 대의를 명분으로 가슴속에 묻어 두었던 슬픔이, 그로 인해 썩어 문드러진 지 오래인 상처가 훤히 드러난다.

풍백은 이를 거침없이 후벼 팠다.

"이제 와 밝힌들 무슨 소용이겠냐마는, 내 누차 생원과의 사용을 재고해 달라 요청했었다. 하지만 단 한 번도 허락되지 않았지. 고작 그런 일에 생원과를 사용할 수 없다는 이유로 말이야."

부하들의 시선이 풍백에게 집중됐다.

얼굴은 붉게 달아올랐고, 악다문 이 사이론 핏물이 흘러내린다.

소중했던 이들을 '고작'이라 치부했으니 분개하는 건 당연했다.

그러나 풍백은 이를 모른 체하며 씁쓸한 표정으로 말을 이어 갔다.

"나 또한 아들을 잃은 아비로서 너희들의 심정을 모르지 않는다. 그렇기에 미안하다는 말밖에 할 수 없구나. 그때 더 강하게 주장하며 밀어붙이지 못한 나를 용서해 다오. 만약 그렇게 해서라도 생원과를 얻어 냈다면, 비록 소수나마 지금의 고통을 느끼지 않아도 됐을 테니까."

허구의 상황을 상상하게 만들어 부하들의 분노를 극대화시킨다.

그러면서도 비슷한 입장임을 인지시키는 한편 사죄의 뜻을 전하며 화살 끝은 다른 방향으로 돌린다.

이제 남은 것은 솟구치는 저들의 감정이 목표하는 곳으로 향하도록 둑을 무너뜨리는 것뿐.

"대장군을 탓할 생각은 없습니다. 그보다 누굽니까? 누가 '고작'이란 말로 생원과 사용을 불허했단 말입니까!"

양손을 움켜쥔 채 떨림을 참아 내면서도 똑똑한 음성을 내뱉는다.

언제라도 상대에게 타오르는 분노를 쏟아 내겠다는 듯 말이다.

그렇다면 그 상대가 누구인지 정확하게 인지시켜 줄 차례였다.

"집정관 우사, 그의 독단이었다. 금번의 사태 또한 크게 다르지 않다. 처음부터 생원과를 노리고 있던 인간들을 정찰대장이 호현에 들였고 집정관은 생원과를 넘기며 동참했다. 이것이 결론이다."

"정찰대장은 단순히 회의를 거치기 위해 받아들인 게 아니었습니까?"

"아니, 그 또한 계획적인 행동이었다. 나중에 안 사실이지만, 인간 측에 유연의 아들이 끼어 있었더군. 처음부터 모두 한통속이었단 뜻이다."

흥분해 있던 소리치며 웅성거리던 이들이 한순간 고요해졌다.

그런 부하들의 면면을 하나하나 살핀 풍백은 결연한 표정으로 말을 이어 나갔다.

"나는 금번 사태를 좌시하지 않을 것이다. 목령인을 기만한 죄를 물어 집행관 우사와 정찰대장 유연, 두 배신자를 오늘 밤 축출한다."

충격적인 발언이 이어졌지만, 찬물을 쏟은 것처럼 여전히 정적이 흘렀다.

하지만 부하들의 눈빛은 조금 전과 달라져 있었다.

충격을 받아 휘둥그레졌던 눈동자는 어느새 하나같이 분노로 불타오르고 있었다.

기회가 찾아오기만을 손꼽아 기다리며 말이다.

그리고 원하던 소식은 적절한 시기에 도착했다.

"보고드립니다. 인간과 함께 부모님을 찾아갔던 정찰대장 유연이 조금 전 자택으로 돌아왔다고 합니다."

"수고했다."

보고를 들고 난 풍백은 검을 쥔 채 자리에서 일어났다.

"일단 가장 성가실 정찰대장부터 처리한다. 나와 뜻을 같이할 자는 뒤를 따르라."

그리곤 앞장서서 이동했고, 부하들 또한 자리에서 일어나 그 뒤를 따랐다.

풍백의 뜻에 반한 이는 단 한 명도 없었다.

그렇게 부하들을 이끌고 유연의 저택에 도착한 풍백은 즉시 명을 내렸다.

"쥐새끼 한 마리도 빠져나가지 못하게 에워싸라."

"네, 장군."

아무리 유연이 신궁의 경지라도 예상치 못한 습격에는 반응할 수 없으리라.

그렇게 확신한 풍백은 천천히 저택 대문 앞에 섰다.

"돌입하라."

풍백의 명령에 두 무사가 문을 박차며 들어갔다.

그리고 그 순간.

푹! 푹!

두 무사의 허벅지에 화살이 하나씩 꽂혔다.

"으악!"

쓰러지는 부하들을 놀란 눈으로 바라보던 풍백이 급히 검을 휘둘렀다.

묵직한 느낌과 함께 전면에서 날아오던 화살이 튕겨 나갔지만, 그것이 끝이 아니었다.

푹!

어느새 뒤를 노린 화살 하나가 뒷목을 뚫고 파고들었다.

"크윽."

풍백은 즉시 뒤로 물러나며 화살을 잡아 뽑았다.

목에 난 상처는 그리 중요한 게 아니었다. 그 생각처럼 상처가 순식간에 아묾과 동시에 풍백의 눈동자가 빠르게 움직였다.

"안 그래도 찾아뵙고 싶었는데."

사방에서 유연의 목소리가 들려왔다.

차분한 목소리. 그럼에도 강한 분노가 서려 있었다.

"이렇게 직접 와 주시니 어떻게 감사드려야 할지 모르겠군요."

이윽고 저택 지붕 위로 유연이 모습을 드러냈다.

미간을 찌푸리는 풍백을 내려다보며 유연은 입꼬리를 비틀어 올렸다.

"이 정도면 감사 인사로 적당하겠습니까? 대장군."

그녀의 뒤로 펼쳐진 검은 하늘엔 언제 쏘았는지 모를 수많은 화살이 빼곡히 날아다니고 있었다.

◆ ◇ ◆

"풍백……."

남편이 왜 자신을 떠날 수밖에 없었는지를 들은 유연은 굳은 얼굴로 무릎 꿇은 아버지를 내려다보았다.

"그걸 알고도 모른 척하셨습니까?"

"그게 내가 할 수 있는 최선이었단다……."

사위가 호현에서 쫓겨난 날.

대장군은 유연의 아버지를 찾아와 자신이 한규호를 죽였다 말했다.

유연의 아버지는 당황을 금치 못했다.

비록 처음엔 인간을 들이는 데 거부감을 보였지만, 한결같이 최선을 다하는 한규호를 보며 서서히 그를 가족으로 인정하기 시작했었다.

눈에 넣어도 아프지 않을 정도로 사랑스러운 손자는 말할 것도 없었다.

그런 두 사람이 죽었다.

이마저도 충격적이었지만, 뒤이어진 대장군의 한마디는 이전 감정을 싹 날려 버리기에 충분했다.

"한날에 딸까지 잃고 싶지 않거든 내가 시키는 대로 하는 것이 좋을 걸세."

대장군은 머뭇거리는 그의 어깨를 두드렸다.

"부디 현명한 선택을 내리길 바라네."

당시를 떠올린 유연의 아버지는 다시금 딸의 얼굴을 마주했다.

"……내게 주어진 선택은 그것뿐이었다."

연신 사죄의 기색을 내비치는 아버지의 얼굴에 작게나마 원망의 기운이 어렸다.

"넌 내 뜻을 따른 적이 없지 않았느냐?"

어렸을 적부터 하고 싶은 건 꼭 해야 직성이 풀리던 아이였다. 그렇게 신신당부를 했음에도 인간 세상으로 내려가 남편까지 얻어 온 아이가 아니던가.

만약 대장군이 한규호를 죽였다는 것을 사실대로 말했다면 딸은 뒤도 보지 않고 대장군에게 활을 겨누었을 것이다.

"그래서 거짓말을 했다."

절대로 인간의 편을 들지 못하도록.

모든 잘못을 죽은 사위에게 넘겼다.

그러면서 손자를 가슴에 묻었다.

"너까지 잃을 순 없었다."

훗날 못난 선택이었다 손가락질받게 될지라도 딸을 살릴 수만 있다면 이후의 비난쯤은 아무런 문제도 되지 않았다.

"……."

유연은 묵묵히 아버지의 말을 경청했다.

그의 마음을 이해할 수 없는 건 아니었다.

자신이 유진이를 생각하는 만큼 아버지도 자신을 생각했을 테니까.

다만, 이해할 수 있는 건 오로지 그런 마음뿐이다.

죽어 버린 남편에게 모든 잘못을 떠넘기고 손자를 사지로 밀어 넣었던 자를 은폐했다는 건 도저히 용납할 수가 없었다.

유연은 끓어오르는 분노를 억누르며 애써 침착하게 말했다.

"그래도 말씀하셨어야 했습니다."

"나는 그저 너를 지키고자……."

"이게 저를 지킨 겁니까!"

저도 모르게 목소리를 높였으나, 유연은 이를 악물며 다시금 분기를 참아 냈다.

밖에는 유진이가 있다.

아주 오랜만에 만난 아들과 재회한 뜻깊은 이날을 자신 때문에 얼룩지게 만들 수는 없었다.

그렇게 화를 억누른 유연은 나지막이 말했다.

"남편과 아들을 죽인 원수와 같은 하늘 아래에서 사는 제가 정말 살아 있는 것처럼 보였습니까? 아버지는 저를 위했던 게 아닙니다. 그저 자기 자신의 안위를 위했던 것이지."

딸을 위해서가 아니라 자신을 위해서.

대장군의 손에 여태껏 일군 것들을 잃지 않기 위해서.

그는 거짓말을 한 것이었다.

"……미안하구나."

유연은 사죄하는 아버지를 차마 바라보지 못하고 몸을 돌렸다.

미안하다고 사죄하는 모습도, 앵무새처럼 반복하는 미안하다는 말도 듣기 거북했다.

그렇게 밖으로 나온 유연은 어색하게 앉아 할머니와 대화 중인 아들을 발견하고는 멈춰 섰다.

웃자.

과거에 연연하기에는 너무나도 좋은 날이니까.

그렇게 억지로 미소를 지으며.

유연은 아들을 향해 다가갔다.

그런데 그때였다.

"대장님."

누군가의 목소리가 들렸다.

유연이 아는 인물이었다.

정찰대의 부대장.

"부대장이 무슨 일이지?"

"급히 보고드릴 것이 있어 실례를 무릅쓰고 찾아왔습니다."

대장군의 사람들로 가득한 군에서 몇 안 되는 유연의 사람이었다.

그런 이가 야심한 시각에 자신의 집이 아닌 부모님의 저택으로 찾아왔다.

그럴 만한 이유가 있다는 뜻이었다.

그리고 그것은 아마도……

'나와 광명대에 관한 것이겠지.'

그것 말고는 급하게 전할 말이 있을 리 없었다. 그렇게 추측한 유연은 부대장에게 대뜸 물었다.

"대장군에게 움직임이 있는 거냐?"

"네? 네, 맞습니다. 대장군이 무사들을 소집했습니다. 숫자는 약 50 정도입니다. 한밤중에 무사를 소집했다는 것이 마음에 걸립니다. 혹……"

"그렇구나. 알려 줘서 고마워."

이 야심한 밤에 무사들을 모았다면 그 목적은 하나뿐이다.

'내가 배신했음을 알아차렸군.'

이렇게도 빨리, 그것도 극단적으로 움직일 줄은 몰랐지만 말이다.

그렇다면 전면전은 피할 수 없게 되었다.

"지금부터 벌어지는 일엔 관여하지 마."

"그게 무슨 소리입니까? 대장님 혼자 뭘 어떻게 하시려고 그러십니까?"

"그건 네가 걱정할 필요 없어."

딱 잘라 말한 유연은 다시 한번 신신당부했다.

"무슨 일이 있어도 결코 움직이지 마. 정찰대장으로서 내리는 명령이야."

"······."

부대장의 무언을 수락으로 받아들인 유연은 어머니와 대화를 나누는 아들에게 다가가 말했다.

"어머니, 잠시만 집에 다녀오겠습니다."

"무슨 일이라도 있니?"

"별일 아닙니다. 급하게 할 일이 떠올라 잠깐만 다녀오겠습니다."

그리고는 아들을 돌아봤다.

"아들, 잠깐만 할머니랑 같이 있을 수 있지?"

상혁은 아들이라는 말이 적응되지 않는 듯 어색하게 고개를 끄덕였다.

"네······, 어머니."

"그냥 엄마라고 부르면 안 될까? 너무 딱딱한데."

"나중에······ 편해지면 그리 부르겠습니다."

"알겠어. 엄마는 기다릴 수 있으니까 아들은 하고 싶은 대로 하면 돼."

유연은 환한 미소를 지으며 아들의 머리를 쓰다듬고는 저택 밖으로 나섰다.

미소가 머금어졌던 입술은 굳게 다물어져 있었다.

아들의 강함은 경험해 보았기에 잘 알고 있었다.

그러나 앞으로 전투가 벌어질 장소에 아들을 데리고 갈 미친 엄마는 이 세상에 존재하지 않는다.

아들은 좋은 것만, 행복한 경험만 해야 한다.

손에 피를 묻히는 건 자신의 선에서 끝내야 했다.

'풍백……!'

원수를 처단할 기회가 이리도 빨리 올 줄이야.

유연은 살기 가득한 얼굴로 저택으로 향했다.

'기필코 네놈에게 지옥을 보여 주마.'

그가 행한 모든 죗값을 받아 낼 생각이었다.

◆ ◆ ◆

"이 정도면 감사 인사로 적당하겠습니까? 대장군."

하늘을 가득 채운 화살.

유연의 말이 끝나기가 무섭게 화살이 비처럼 쏟아지기 시작했다.

"으윽!"

"피해!"

무사들이 소리를 지르며 막으려 했으나 궁신의 화살을 막아 내는 것은 결코 쉬운 일이 아니었다.

반면 대장군은 차분하게 화살을 쳐 내며 유연을 바라봤다.

'다시 생각해도 버리기엔 아까운 인재야.'

유연의 실력이야 인정하는 바였다. 그러나 그녀가 보여 주는 무위는 대장군이 상상하던 그 이상이었다.

천리사궁은 저격에 특화된 무공답게 본디 근접전에 불리함을 가지고 있었다.

아무리 뛰어난 궁사라도 검보다 빠르게 화살을 장전해 쏠 수는 없었으며, 근접한 적이 많으면 많을수록 거리의 이점이 사라지기 때문이다.

야심한 시각에 불시에 이뤄진 습격은 그 단점을 더욱 두드러지게 만들 것이라 생각했다.

그러나 유연은 자신만의 방법으로 약점을 극복해 냈다.

바로 뛰어난 판단력과 예지에 가까운 수읽기를 통해.

'야습에 배치 방식마저 예측해 이런 함정을 파 놓다니……'

놀랍다 못해 경이로운 능력이었다.

정말 죽여야 하는지 고민이 되게 만들 정도로 말이다.

하지만 대장군은 금세 고민을 털어 버렸다.

유연과의 관계는 이미 돌아올 수 없는 강을 건넌 것이나 마찬가지.

이에 풍백은 냉정히 상황을 파악했다.

이대로 몰아붙여 봤자 거리를 좁히지 않는 이상 부하들의 피해만 커질 뿐이었다.

'쓸데없이 부하들을 희생시킬 필요는 없겠지.'

결정을 내린 풍백은 빠르게 명령을 내렸다.

"모두 무리하게 진입하지 말고 포위만 유지하라!"

그리고는 홀로 유연을 향해 걸음을 내디뎠다.

"나 혼자 정찰대장을 베겠다."

그와 동시에 번쩍이는 섬광과 함께 유연의 화살이 대장군의 광대뼈를 뚫고 머리 뒤편으로 나와 바닥에 꽂혔다.

일반 무사라면 즉사했을 일격.

그러나 대장군의 얼굴은 바로 재생되었다.

"상대가 나빴다. 유연."

대장군에게 주어진 생명수의 은총.

그것은 바로 불사의 능력이었다.

이를 사용할 때 그 반동으로 100배의 고통이 밀려들어 왔으나 은총은 갈고닦는 것으로 발전시킬 수 있었다.

그 덕분에 대장군은 오랜 수련으로 능력의 반동을 최소화했다.

"쯧."

유연은 혀를 찼다.

'이래도 죽지 않는 것인가?'

유연은 대장군이 불사의 능력을 가지고 있음을 알고 있었다.

그러나 신이 아닌 이상에야, 불사라 해도 한계는 있을 것이었다.

하여 모든 생명체의 약점인 머리 부근을 노렸으나 아무래도 실패인 것만 같았다.

'어떻게 해야 하는가?'

일격필살을 지향하는 저격수에게 있어 불사의 능력을 가진 풍백은 천적과도 같았다.

어느 급소를 노리고 화살을 날려 본들, 적은 계속해서 거리를 좁혀 왔으니 말이다.

그 결과, 풍백은 얼마 지나지 않아 유연의 코앞에 당도해 있었다.

"날 만난 네 운명을 탓하거라."

풍백은 거침없이 검을 내려쳤다.

'피해야 한다!'

풍백의 검, 절명도(絶命刀)는 필살(必殺)의 능력을 가지고 있었다.

스치기만 하더라도 치명상으로 이어지기에 이를 최우선으로 피해야만 했다.

그러나 절명도를 너무 의식한 탓이었을까?

"움직임이 단순해졌구나."

풍백은 품에서 작은 단도를 꺼내 유연의 오른팔을 찔렀다.

"크윽!"

유연은 빠르게 거리를 벌렸다.

풍백은 굳이 그런 그녀를 쫓지 않은 채 조소를 흘렸다.

유연은 축 늘어진 자신의 오른팔을 바라봤다.

궁사에게 있어 오른팔은 생명과 같다. 더는 시위를 당길 수 없는 유연은 풍백의 상대가 될 수 없었다.

"이제 끝이다."

풍백은 의기양양하게 말했다.

"돌입해라!"

풍백의 외침에 대기하고 있던 그의 부하들이 유연의 저택으로 밀고 들어왔다.

'망할.'

유연은 이를 악물며 어떻게든 전황을 역전시킬 방법을 강구했다.

'이대로 죽을 수는 없다.'

그토록 기다리던 아들을 이제야 만났다. 묻고 싶은 이야기가 가득했고 함께 해 보고 싶은 일들은 셀 수 없었다.

그러나 풍백에게 당한 오른팔은 말을 듣지 않았다.

사방에서 날아오는 이들의 공격을 피하는 것도 한계가 있었고, 하나둘 생기던 자잘한 상처는 점차 중한 상태까지 커져 갔다.

얼마 지나지 않아 유연이 중심을 잃고 쓰러졌다.

"하아, 하아."

유연이 거친 숨을 내쉬는 사이, 풍백이 무사들 사이로 천천히 걸어 나와 진심으로 탄식했다.

"아깝구나. 너무나도 아까워."

내리깐 그 두 눈동자는 진한 아쉬움을 강렬하게 내비쳤다.

"그토록 좋은 재능을 가졌음에도 인간의 앞잡이를 자처하다니. 실로 안타깝구나."

"닥쳐. 아직 끝난 게 아니다. 내 죽는 한이 있더라도 기필코 네놈에게 복수를……!"

풍백은 분노로 일갈하는 유연을 향해 조소를 지었다.

"그래? 그래도 목숨 한번 부지해 보겠다고 발버둥 치던 덜떨어진 인간 놈보단 낫구나."

풍백이 한규호를 언급하자 유연의 동공이 분노로 흔들렸다.

"이 개……!"

"그간 고생 많았다. 유연 정찰대장. 이제야 그 인간 놈 곁으로 갈 수 있겠군."

풍백은 절명도를 치켜들었다.

유연은 핏대 선 눈으로 풍백을 노려보았다.

이대로 죽을 수는 없었다. 그러나 다친 오른팔은 물론 무사들에게 입은 상처가 몸을 마음대로 움직이지 못하게 만들었다.

그렇게 자신을 향해 떨어지는 절명도를 분하게 바라볼 수밖에 없을 그때.

누군가 두 사람 사이에 끼어들었다.

신(新) 천뢰쌍검(天雷雙劍), 구전광(球電光).

거대한 원형의 번개가 유연을 감싸는 한편 풍백을 비롯한 목령인 무사들을 밀어냈다.

이윽고 밝게 빛나던 기운이 점차 사그라들며 유연의 눈에 한 남자의 뒷모습이 들어왔다.

듬직하고 넓은 등.

그것은 추억 속에 남아 있는 뒷모습과 똑 닮아 있었다. 유
연은 밀려드는 그리움에 저도 모르게 말했다.

"규호 씨……."

한때는 원망했으나 그럼에도 사랑했던 남편.

지금도 보고 싶고 단 한 번도 잊지 못했던 존재.

어느덧 아들은 그런 아버지의 모습을 닮아 있었다.

"너희들……."

어머니의 상태를 확인한 상혁의 목소리는 분노에 차 떨리
고 있었다.

그 무게감은 저택 안의 모든 이들을 짓누르기에 충분했다.

"……우리 엄마한테 무슨 짓이냐!"

이윽고 상혁의 몸에서 검붉은 뇌기가 솟구쳐 올랐다.

억누를 수 없는 분노가 폭발했다.

상혁은 떠나는 어머니의 뒷모습을 아련하게 바라보았다.

지금까지 셀 수 없이 보여 주었던 웃음과 크게 다르지 않았다.

하지만 그 이면에 무언가 숨겨져 있음은 금세 눈치챌 수 있
었다.

기억 속 아버지도, 친구 서하도 거짓말을 할 때면 저런 웃음을 지었으니 말이다.

'아마 나와 관련 있는 문제 때문이겠지.'

고민까지 이어질 필요도 없었다.

지금 유연에게 위협으로 느껴질 만한 상황은, 그걸 가능하게 만들 수 있는 인물은 단 한 사람뿐이었으니 말이다.

'대장군.'

그가 마수를 뻗기 시작한 것이다.

상혁은 곧바로 자리에서 일어나며 할머니에게 말했다.

"잠깐만 나갔다 오겠습니다."

"왜? 연이는 곧 돌아온다고 했으니 앉아서 기다려도 되지 않겠니?"

그리고는 걱정스러운 얼굴로 말을 이었다.

"혹시 이 할미가 불편하게 만든 것이면……."

"아닙니다."

상혁은 급히 몸을 돌리며 말을 이었다.

"그저 밤길을 혼자 걷는 게 걱정되어 그렇습니다. 제가 금방 모시고 오겠습니다."

"……그래, 그렇게 하려무나."

상혁은 서둘러 조부모님의 저택을 나섰다.

그 순간.

유연의 저택 쪽에서 강대한 기운이 충돌했다.

예상이 적중했다.

상혁은 속도를 올렸다.

'도대체 왜 나한테는 말도 하지 않고…….'

대장군이 공격해 오는 것을 알면서도 귀띔조차 주지 않은 유연이 이해되지 않았다. 그토록 자신이 미덥지 않았던 것일까?

그리고 그 순간.

유연의 저택 쪽에서 다시 한번 거대한 기의 충돌이 느껴졌다.

"제길!"

혼신을 다해 달리고 있음에도 느리게만 느껴졌다.

이미 싸움이 끝나고 유연이 잘못되었으면 어떡하지라는 불안감이 상혁을 괴롭혔다.

'만약 이미 모든 것이 끝난 상황이라면…….'

상혁은 고개를 흔들며 잡념을 지웠다.

'절대 그렇게 되도록 내버려 두지 않아. 이제 겨우 다시 만났는데…….'

아버지가 떠난 이후 드넓은 세상에 홀로 남겨졌다 생각했다. 내색하지 않았지만, 친구들이 가족을 만나 행복한 시간을 보낼 때면 고독감은 가슴을 후벼 팠다.

혈혈단신으로 견뎌야 한다는 차디찬 현실이 삶을 더욱 비참하게 만들었다.

하지만 그건 착각이었다.

남들과 동일하게 자신에게도 있었던 것이다.

언제나 믿고 의지할 수 있는 진짜 가족이.

비록 실감은 나지 않았으나 유연이 자신을 바라보는 표정은 지금까지 상혁이 받아 온 그 어떤 시선보다 따뜻했다.

강했고 그 누구보다 아름다웠던 아버지의 말처럼 어머니는 삭막했던 인생에 빛이 되어 주었다.

'그런데도 나는 바보같이……'

어머니가 친근하게 대할 때도 어색함에 제대로 된 대꾸조차 해 주지 못했다

어리석었던 행동들이 강한 후회로 다가왔다.

'아직은 헤어질 수 없다.'

20년 만에 되찾은 가족의 온기다.

이렇게 허무하게 잃고 싶지 않았다.

이에 상혁은 더욱 힘을 끌어올리며 속도를 올렸다.

그로부터 얼마 지나지 않아 유연의 저택이 서서히 시야에 들어왔다.

상혁은 즉시 육감을 발동해 저택 안의 상황을 살폈다.

수많은 무사가 한 사람을 에워싸고 무차별적으로 공격을 가하고 있다.

한 사람이 누구일지는 깊이 생각할 필요도 없었다.

그 순간 주체할 수 없는 분노가 끓어올랐다.

"……!"

순간 이성이 날아가며 주변 풍경이 한 줄기의 빛이 되어 옆

으로 지나가기 시작했다.

이윽고 정신을 차렸을 때는 어느새 유연과 풍백이 코앞에 있었다.

풍백은 흑철 검을 내려치고 있었고 만신창이가 된 유연은 움직이지 못했다.

상혁은 쌍검을 빼 들며 그 사이에 끼어들었다.

신(新) 천뢰쌍검(天雷雙劍), 구전광(球癲狂).

거대한 원형의 번개에 풍백과 다른 부하들이 뒤로 밀려났다. 상혁은 재빠르게 어머니를 살폈다.

말로 다 표현하기 힘들 정도로 빼곡한 상처. 그것이 상혁의 마음을 뒤집어 놓았다.

"너희들……."

그리고는 분노에 가득 찬 눈으로 풍백과 그의 부하들을 돌아본다.

"우리 엄마한테 무슨 짓이냐!"

풍백은 그제야 상혁의 정체를 알아차렸다. 수십 년 전 자신이 남긴 오점. 이에 풍백은 반갑게 상혁을 맞이해 주었다.

"누군가 했더니 그때 그 꼬마였던가? 또다시 만나게 되어 반갑다. 그리고 고맙구나. 이렇게 고향으로……."

감회가 새로운 듯 말하던 풍백은 표정을 굳혔다.

"……죽으러 돌아와 주어서."

풍백의 살기에 분노에 휩싸였던 상혁은 냉정을 되찾았다.

운이 좋게도 결정적인 순간에 파고들어 구전광으로 밀어내긴 했으나 이는 임시방편일 뿐.

지금의 상황은 암울하다고밖에 볼 수 없었다.

'대장군도 문제지만…….'

느껴지는 살기와 기운만으로 대장군이 강자임은 부정할 수 없다.

그 하나만으로도 벅찬데, 주변을 에워싼 무사들 또한 간과해선 안 됐다.

구전광의 위력에 놀라 잠시 물러나 있으나 저들까지 합세한다면 막을 길이 없을 테니까.

맞상대는 정답이 아니다.

하여 어머니를 업고 도망칠까 고민해 보지만, 그조차 고개를 가로젓게 만들었다.

'조금이라도 빈틈이 보이면 대장군이 파고들 것이다.'

그렇게 이도 저도 못 하는 상황이 지속될 때.

대장군이 먼저 움직였다.

"시간을 끌어 좋을 건 없겠지. 죽여라."

그렇게 무사들이 접근하는 순간.

푹! 하는 소리와 함께 한 무사가 쓰러졌다.

"뭐야! 무슨 일이야!"

당황한 무사들이 급히 몸을 숙이며 죽어 버린 동료를 응시했다.

무슨 일이 벌어진지도 모른 채 쓰러진 동료의 머리엔 익숙한 화살이 꽂혀 있었다.

"스승님!"

직후 화살의 주인, 여울이 매처럼 유연을 낚아챈 뒤 하늘을 날아 저택 옥상에 안착했다.

오직 상대와 거리를 벌리는 데에 특화되어 있는 천리사궁의 보법 덕분이었다.

유연은 자신을 안아 든 제자를 바라보며 당황해했다.

"여울이 네가 여길 어떻게……."

여울은 그런 스승에게 미소를 지어 보이고는 상혁에게 외쳤다.

"상혁 씨! 스승님은 걱정하지 말고 싸우세요!"

그러나 여울이 도망가게 놔둘 풍백이 아니었다.

"쫓아라."

그의 명령이 떨어지자마자 무사들이 여울을 향해 달려가기 시작했다.

아무리 천리사궁의 보법이 빠른 속도를 자랑한다 하더라도 아직 완성되지 않은 여울이 호현의 정예에게서 빠져나가는 건 불가능에 가까웠다.

아니나 다를까, 여울과 무사들의 거리는 순식간에 좁혀졌다.

한 무사가 여울의 등을 향해 검을 내리치려는 찰나.

털썩.

그를 비롯한 여러 명의 무사들이 동시에 쓰러지고 뒤이어 굉음이 들려왔다.

무슨 일이 벌어진 것인지 가정 먼저 눈치챈 건 한상혁이었다.

그는 한 방향을 향해 고개를 돌렸다.

육감의 끝자락에 겨우 걸릴 만큼 육안으로 보이지도 않는 거리.

그곳에서 무척이나 익숙한 기운이 느껴지고 있었다.

'민주도 왔구나.'

위기 가운데 등장한 응원군은 심리적 안정감을 가져다주 었다.

풍백도 뒤늦게 상황을 파악했는지 급히 명령을 내렸다.

"절반은 유연을, 나머지 절반은 궁사를 쫓아라!"

그렇게 무사들이 각자의 방향으로 흩어지며 유연의 저택 엔 단둘만이 남게 된 상황.

상혁은 대장군에게 시선을 집중했다.

'민주까지 도와준다면 어머니의 안전은 확보됐다.'

눈앞의 불안 요소만 정리하면 상태가 종료된다는 말이나 다름없었다.

그렇다면 평정을 되찾을 차례.

정도를 넘어선 분노는 전투에 도움이 되지 않으니 말이다.

그렇게 천천히 숨을 고르며 안정을 되찾은 상혁은 자세를 잡았다.

반면 풍백은 짜증 가득한 얼굴로 미간을 만지작거렸다.

다 된 밥에 재를 뿌린 상황.

"벌레 같은 놈들이 짜증 나게도 하는군. 그래, 그럼 모두 같은 날 같은 시간에 죽여 주지."

전과는 차원이 다른 살기가 콧잔등에 느껴지는 순간.

그의 흑철 검이 상혁을 머리를 향해 떨어졌다.

상혁은 쌍검을 겹쳐 공격을 막은 뒤 식은땀을 흘렸다.

'진명 또한 흑철 검을 가지고 있었다고 했지.'

서하에게 들은 바에 따르면, 진명의 흑철 검엔 스치기만 하더라도 정신을 파괴하는 능력이 담겨 있다고 했다.

일격필살의 검.

이를 고려하면 결코 공격을 허용해서는 안 된다.

대장군의 검에도 어떤 힘이 담겨 있을지 알 수 없으니 말이다.

그리고 그 생각은 곧 확신으로 굳어졌다.

풍백의 검은 그보다 위험하면 위험했지 덜하지 않다.

자신의 본능이 그렇게 외치고 있었기 때문이다.

그런 확신으로 검을 흘린 상혁은 모든 기를 현철쌍검에 담았다.

이윽고 검붉은 번개가 사방으로 튀며 풍백을 덮쳤다.

신(新) 천뢰쌍검(天雷雙劍), 적혼(赤魂).

검붉은 거미의 형상.

그것은 이윽고 풍백의 몸을 휘감았다.

뼈와 살을 기름에 튀기는 듯한 소리와 함께 풍백의 몸이 떨리기 시작했다.

"끄으윽!"

풍백에게서 멀어진 상혁은 승리를 확신했다.

적혼의 위력은 하늘에서 내려치는 번개와 같다. 아카, 그리고 오미크론과 싸울 때와는 비교도 할 수 없는 위력.

설령 적이 위대한 일곱 혈족이라도 결코 무시할 수 없는 공격이었다.

상혁의 예상대로 적혼이 사라진 곳에는 완전히 타 버린 숯덩이만 남아 있었다.

그렇게 끝이라고 생각할 때.

"……!"

상혁이 급히 몸을 틀자 종이 한 장 차이로 흑철 검이 스쳐 지나갔다.

황급히 거리를 벌린 상혁은 애써 자세를 잡았다.

그러나 그의 표정은 당황으로 얼룩져 있었다.

죽을 수밖에 없는 상황이었고, 두 눈으로 확인까지 마쳤다.

'그런데 어떻게……!'

도저히 마주한 현실을 받아들일 수 없었다.

녹아 버린 피부가 뿌연 연기와 함께 벗겨지며 분홍빛 새살이 돋아났고, 형태를 알 수 없을 정도로 타 버렸던 얼굴은 점차 원래의 형태로 돌아오고 있다.

'이게 가능한 일이야?'

죽지 않는 목령인이라니.

아니, 목령인을 떠나 저런 게 가능한 생명체가 있을까?

그러나 이내 한 인물이 머릿속에 떠오르며 불가능하지 않음을 증명해 주었다.

"진명……!"

수없이 베고 찔러도 죽지 않는 무사.

대장군은 서하에게 들었던 진명의 그것과 동일한 모습을 보이고 있었다.

그런데 그때였다.

"뭐?"

상혁이 나지막이 내뱉은 말이었으나, 풍백은 정확하게 들었고 그의 귀를 의심하게 만들었다.

"지금 뭐라고 했지? 진명이라 했느냐?"

"……."

"분명 그리 부른 게 맞느냐고 물었다."

그리고는 실성한 사람처럼 빠르게 말을 이었다.

"이것과 비슷한 흑철 검을 본 적이 있느냐? 아니면 나와 같은 능력을 경험한 것인가? 언제, 어디서 보았느냐?"

풍백이 상기된 얼굴로 상혁을, 정확히는 그의 입술이 열리기만을 뚫어져라 쳐다봤다.

유연의 아들은 알 수도 없는 이름일뿐더러, 아무런 이유 없이 언급할 리 없었다.

그렇기에 자신의 앞에서, 그리고 이 순간 진명의 이름을 언급했다는 건 절대로 우연이 아니었다.

흑철 검, 혹은 불사의 능력을 경험했기에 거론할 수 있는 이름이었으니까.

풍백은 떨리는 목소리로 말을 이어 갔다.

"내 묻지 않느냐? 어떻게 그 이름을 알고 있는지 말이야."

그러나 상혁이 묵묵부답으로 일관하자 다급해진 건 풍백이었다.

그는 이내 절규하듯 외쳤다.

"내 막내아들을 본 적이 있냐고 묻지 않느냐! 제발 답해 주거라!"

그 순간 상혁은 인상을 찌푸렸다.

진명이 풍백의 아들이었구나.

이에 상혁은 살짝 고개를 끄덕여 주었다. 그저 본 적이 있냐고 묻는 말에 답하는 건 큰 문제가 없었다.

상혁의 대답을 들은 풍백은 감격에 어쩔 줄 몰라 하며 얼굴을 쓸어내렸다.

풍백에게 있어 막내아들 진명은 눈에 넣어도 아프지 않은 아들이었다.

막내아들이 그 누구보다 자신을 똑 닮았기 때문이었다.

자신만이 유일하게 가지고 있던 불사(不死)의 은총을 받았으며, 절명도처럼 필살(必殺)의 능력을 갖춘 흑철 무구까지 선물받았다.

그런 진명을 어찌 사랑하지 않을 수 있겠는가.

마친 생명수가 자신에게 분신을 내려 준 것 같은 상황이었으니 말이다.

그렇기에 막내아들이 사라졌을 때는 마치 자신이 죽은 것만 같은 고통을 느꼈다.

그런데 진명이가, 자신이 가장 사랑하던 아들이 죽지 않았다니.

"진명이가 살아 있었어? 진명이가……!"

인간에 의해 죽었다 여겼던 막내아들이 인간 세상에서 살아 있었다.

실감이 나지 않는 듯 멍하니 서 있던 풍백은 이내 입꼬리를 올렸다.

그리고는 다시금 상혁에게 물었다.

"내 아들은 지금 어디 있느냐?"

"잠깐. 네 질문에 답해 주었으니 나도 하나 물어보지."

"내 아들이 있는 곳만 알 수 있다면 뭐든 답해 주마."

"좋아."

상혁은 잠시 생각을 정리했다. 물어보고 싶은 것은 많았으나 풍백 또한 하나만 답해 줄 가능성이 컸다.

그렇다면 기회는 단 한 번뿐이라는 뜻이었고, 질문에는 모든 의문을 포괄하는 요점이 담겨 있어야 했다.

엄마를 죽이려 했던 이유, 자신에게 죽지 않고 용케 살아왔
다고 말한 것, 그리고 무엇보다 아버지에 관한 것까지.

그렇게 한동안 고민에 빠져 있던 상혁이 무겁게 입을 열었다.

"혹시 한규호, 내 아버지를 죽인 것이 너냐?"

말이 끝난 직후 풍백의 표정이 굳어졌다.

사실대로 밝히면 아들의 위치를 말해 주지 않을까 하는 고
민 때문일 것이다.

그러나 대장군이 선택할 수 있는 것 하나밖에 없다.

진명의 위치를 알아내기 위해서는 물음에 답할 수밖에 없
을 테니까.

그렇기에 상혁은 묵묵히 기다렸다.

앞으로 듣게 될 내용이 모든 의문을 풀어 줄 것이었다.

그로부터 얼마 지나지 않아, 풍백이 순순히 고개를 끄덕이
며 인정했다.

"그렇다. 내 검에 베였으니 오래 살지는 못했겠지. 답이 되
었나?"

"……."

상혁은 손톱이 살갗을 파고드는지도 모를 정도로 주먹을
꽉 쥐었고 두 눈은 붉게 충혈되었다.

예상은 하고 있었다.

그러나 실제로 진실을 마주했을 때의 충격은 상상했던 것

그 이상이었다.

그토록 사랑했던 아버지가 시름시름 앓다가 죽어 간 이유가 바로 저놈 때문이었다.

아버지의 웃는 모습이 떠오르자 분노를 넘어선 무언가가 속에서 꿈틀거렸다.

그때 풍백이 물었다.

"이제 내 물음에 답을 줄 차례다. 내 아들은 어디 있느냐?"

"……어디 있냐고?"

부들부들 떨리는 신체와 달리, 상혁의 두 눈동자는 흔들림 없이 원수에게 고정되어 있었다.

"잘 찾아봐. 어디 땅 밑에서 썩고 있을 테니까."

상혁의 말에 미소로 가득했던 풍백의 얼굴이 일그러졌다.

"그럴 리가 없다!"

풍백은 인정할 수 없다는 듯 고개를 저었다.

그러나 뒤이어진 상혁의 음성은 비수처럼 날아와 현실을 일깨워 주었다.

"받아들여. 네 아들은 확실히 죽었다."

저 말이 과연 사실일까?

풍백은 태어나 지금처럼 혼란스러운 적이 없었다.

자신과 동일하게 불사의 능력을 가진 아들은 목이 완벽하게 절단되지 않는 이상 죽지 않는다.

사고 따위로는 목숨을 잃을 리 없다는 말이었다.

과연 저 말이 사실일까? 아비의 원수를 갚겠다고 거짓말을 한 건 아닐까?

그런 의문과 함께 상혁을 바라본 순간.

"……."

풍백의 사고가 일순 정지했다.

수없이 많은 사람들을 봐 왔기에 알 수 있었다.

저 표정과 눈은 절대 거짓을 말하고 있지 않다는 것을.

그렇다면 아들이 죽은 것은 사실일 테고, 그 원인을 생각한다면 오직 하나밖에는 없었다.

"……누구냐. 누가 내 아들을 죽였느냐?"

타인으로 의한 죽음.

누군가 의도적으로 아들의 목을 베었다.

그게 아니고선 아들의 죽음은 있을 수 없다.

풍백이 분노로 이글거리는 눈빛으로 상혁을 바라보았다.

"누군지 고하라. 당장 그놈을 찾아가 사지를 찢어발길 것이다."

분노하는 풍백의 모습에 상혁은 조소를 흘렸다.

단순히 인간이 싫다는 이유로 무엇 하나 잘못한 게 없던 아버지를 죽였고, 겨우 다시 만난 어머니마저 없애려 들었다.

그래 놓고 아들의 죽음엔 분노하는 모습이라니.

'쓰레기 같은 놈.'

너무나도 역해 도무지 참을 수가 없었다.

소중한 존재를 죽이고 자신의 삶을 망가뜨린 것으로 모자라 어머니마저 뺏어 가려 한 저 남자에게 같은 감정을 느끼게 해 주고 싶었다.

"멀리 갈 필요 없어. 네 눈앞에 있으니까."

그렇기에 상혁은 태어나 처음으로 표정 하나 바꾸지 않고 거짓을 말했다.

"내가 진명을 죽였다."

표정을 일그러뜨리는 풍백의 모습에 상혁은 속으로 조소를 머금었다.

그러나 그의 표정에선 단 한 점의 변화도 찾아볼 수 없었다.

"……네가 내 아버지에게 그랬던 것처럼."

지금껏 상혁은 단 한 번도 살인을 목적으로 싸운 적이 없었다.

수없이 마주했던 적들에게도, 심지어 평생 자신을 괴롭힌 한백사를 향해서도 순수한 살의를 품지 않았다.

하나, 눈앞의 남자는 달랐다.

무슨 일이 있더라도 아버지를 죽인 저자만큼은 절대로 용서할 수 없었다.

가슴속 깊이 숨어 있던 살의가 단단한 껍질을 깨고 그 모습을 드러냈다.

그와 동시에 검붉은 기운이 그의 몸을 타고 흐르더니 번개가 되어 주변을 초토화시켰다.

"너도 죽여 주마. 풍백."

뇌제(雷帝)가 강림하는 순간이었다.

그 모습에 풍백은 순간적으로 분노마저 잊고 바라볼 수밖에 없었다.

온몸을 휘감은 검붉은 번개는 사방으로 튀며 주변 모든 것들을 태운다. 살벌하게 울리는 파지직! 거리는 소리는 그 어떤 존재의 접근조차 거부했다.

마치 신화 속에나 나올 법한 전설적인 무인들을 연상케 하는 모습.

그러나 경이로움도 잠시.

눈앞의 인간을 향해 다시금 분노를 불태웠다.

'저 녀석만 죽일 수 있다면.'

죽은 아들의 원을 풀어 주기에는 부족함이 없을 것이다.

그러니 저놈만큼은 반드시 없애야 했다.

설령 인간이 아니라 번개 그 자체라고 할지라도.

"죽어어어어어어!"

그것은 상혁 또한 마찬가지였다.

자신이 누릴 수 있었던, 누려야만 했던 모든 행복을 앗아간, 그 모든 원인이 눈앞에 있다.

"풍배애애애애액!"

상혁 역시 풍백을 향해 달려들며 쌍검을 크게 휘둘렀다.

자칫 잘못하면 단조로울 수 있는 공격.

풍백 역시 처음에는 그렇게 생각했다. 동작이 크면 그만큼

허점도 커지는 법. 일격필살의 검을 가지고 있는 풍백에게는 제발 좀 죽여 달라는 듯한 의미로 받아들여질 정도였다.

그러나 그 생각은 첫 합 만에 깨졌다.

"……!"

근육이 터질 듯한 충격에 온몸이 떨려 왔다. 그러나 그보다도 풍백을 당황스럽게 만든 것은 그 뒤에 이어지는 연격이었다.

한 방, 한 방이 필살의 위력을 담은 일격들이다. 그것들이 눈에 보이지 않는 속도로 쉴 새 없이 날아들었다.

이윽고 상혁의 검이 풍백의 몸을 대각선으로 잘랐다.

"……!"

당황한 풍백은 회복과 동시에 뒤로 물러났다. 그러나 상혁은 이를 용납하지 않았다.

상혁은 도망치듯 물러나는 풍백을 따라가 베고, 또 베었다.

'죽인다! 죽인다! 죽인다!'

천뢰쌍검.

아버지가 발전시키고 상혁이 완성한 이 무공으로 모든 것을 파괴하는 검의 폭풍이 되리라.

"죽어어어어어!"

강철 폭풍이 작렬하고 검붉은 번개가 사방으로 튀며 존재하는 모든 것을 멸했다.

그것은 개인이 겪을 수 있는 최악의 재앙과도 같았다.

그러나 대장군은 수없이 베이고, 불타면서도 순식간에 재생하며 기회를 노렸다.

'언젠가는 기회가 올 것이다.'

인정하겠다.

저 반쪽짜리는 그저 하찮은 인간의 무언가를 뛰어넘었다는 것을.

하나, 풍백에게는 불사의 능력과 일격필살의 검, 절명도가 있었다.

단 한 번.

오직 단 한 번만 절명도를 적중시킬 수 있다면 적이 아무리 강하다 한들 풍백의 승리였다.

그러기 위해서는 상혁을 더 흥분시킬 필요가 있었다.

이성이 날아가 큰 실수를 할 정도로.

그렇게 생각을 마친 풍백은 망설임 없이 계획을 실행으로 옮겼다.

"그래, 계속 그렇게 발악해라. 네 아비가 그러했던 것처럼."

순간 상혁의 눈꼬리가 꿈틀거렸다. 풍백은 상혁이 휘두르는 검을 절명도로 받아 내며 말을 이어 갔다.

"그러니 너 또한 죽게 되겠지. 비루한 인간의 피를 물려받았으니 말이야."

도발이 통한 듯 상혁의 공격에 더욱 힘이 들어가기 시작했지만, 눈빛만큼은 날카로웠다.

아직 이성을 유지하고 있다는 뜻이었다.

달리 말하면 무너질 듯한 이성을 가까스로 붙잡고 있다는 것이겠지만.

풍백은 조롱이 가득한 미소로 회심의 일격을 날렸다.

"죽은 네놈의 목을 가져가 네 어미에게 던지면 어떤 표정을 지을지 참으로 기대되는구나."

"……!"

상혁이 휘둘러 오는 쌍검의 기세가 더욱 맹렬해졌다.

반면 표정에선 차분함이 보이지 않았으니 작전의 성공을 뜻했다.

그렇게 심장을 찔리고, 허리가 베이고, 팔, 다리가 잘리는 순간에도 풍백은 인내했다.

차분하게 기회를 노렸다.

목만 보호한다면 언젠가 기회를 잡을 수 있을 테니까.

이윽고.

그토록 기다리던 기회가 찾아왔다.

순간적으로 상혁의 가슴이 열렸고 풍백은 절명도를 내질렀다.

혼신의 힘을 담은 일격. 이윽고 절명도가 상혁의 가슴에 맞닿으며 풍백은 승리를 확신했다.

'내가 이겼다!'

그러나 그 순간.

상혁의 목걸이가 빛을 냄과 동시에 검의 궤적이 뒤틀렸다.

"……!"

무슨 일이 벌어진 것인지 이해가 되지 않았다. 마치 찰나
의 순간 자신의 공격을 쳐 낸 것처럼 무슨 비약이라도 있었던
것일까?

예상치 못한 상황에 의문에 휩싸일 그때, 나지막한 목소리
가 귓가에 들려왔다.

"네가 한 말 그대로 돌려주지."

상혁은 어느새 코앞에서 자세를 갖추고 있었다.

"지옥에서 기다리고 있을 진명에게 네놈의 목을 던져 주마."

베어도, 베어도 죽지 않는다면.

그 존재 자체를 없애 버리면 될 일.

신(新) 천뢰쌍검(天雷雙劍), 비천뢰(祕天雷).

쾌속의 연격이 풍백의 몸을 분해하고 지이이이잉! 하는 굉
음과 함께 공간이 압축되었다 폭발했다.

방출된 전기는 거대한 구가 되어 하늘로 올라가 호현을 밝
혔다.

마치 낮이 찾아온 것처럼 밝아졌던 하늘은 모든 것이 거짓
말이었다는 듯 순식간에 자취를 감췄다.

한때 대장군이었던 풍백이 파편 하나 남기지 않고 사라진
것처럼 말이다.

오직 불에 탄 지면의 흔적만이 그가 서 있었음을 나타내고
있었다.

187

상혁은 그곳을 멍하니 바라보며 알 수 없는 표정을 지었다.

'아버지…… 제가 해냈습니다.'

가족에게 원치 않는 이별을 강제했던, 아버지를 서서히 죽어 가게 만들었던 이에게 복수를 했다.

그러나 생각보다 개운하지 않다.

아버지를 죽였던, 자신의 인생을 망쳤던 장본인을 처치했음에도 달라지는 것은 없었다.

잃어버린 것은 절대로 돌아오지 않기에.

'보고 싶습니다…….'

다시금 캄캄해진 하늘처럼 흘러내리는 눈물이 상혁의 시야를 어둡게 만들었다.

그러나 감정에 젖는 것도 잠시.

상혁은 눈물을 훔칠 새도 없이 바로 몸을 돌렸다.

서하와 친구들, 그리고 어머니까지.

자신이 지켜야 할 이들이 아직 많이 남아 있기에.

가장 급한 건 어머니였다.

상혁은 육감을 통해 여울을 쫓는 무사들을 찾았다.

풍백의 부하들은 소수나마 여울의 바로 뒤까지 추격을 한 상태였다.

'조금만 기다려요.'

더 이상 그 누구도 잃을 수 없었다.

Chapter 113.

"거기 서!"

"으아아아아! 수련 열심히 할걸!"

여울은 빼질거리던 자신의 과거를 후회했다. 나름 빠르다고 자신했지만 목령인 정예들과 비교했을 때는 한없이 보잘것없었다.

유연은 그런 제자를 보며 한숨을 내쉬었다.

"준비가 안 되어 있으면 그때는 이미 늦은 거다. 내 누차 그리 경고했⋯⋯."

"잔소리 그만! 이럴 때도 그래야 하겠습니까?"

그때였다.

섬광과 함께 도시 전체가 낮처럼 밝아졌다. 느닷없는 이상 현상에 여울은 화들짝 놀라며 눈을 질끈 감았다.

"꺄악! 무, 무슨 일입니까?"

하지만 당황한 건 여울뿐이었다.

"앞에!"

유연의 외침을 듣고 다시 눈을 떴을 땐, 풍백의 부하가 그녀 앞으로 튀어나와 있었다.

"잡았다!"

무사가 지체 없이 여울을 향해 검을 내려치는 순간 또다시 번쩍하는 섬광이 두 눈을 새하얗게 만들었다.

이후 쿵! 하는 소리가 들려오고 시야를 되찾았을 땐 불에 익어 버린 듯한 무사의 시체가 보였고, 그 곁엔 상혁이 서 있었다.

상혁을 발견한 무사들은 일제히 발을 멈추고 당황한 표정을 지었다.

"저 인간이 어떻게……."

분명 대장군과 싸우고 있었을 터인데 어떻게 이곳에 있는가?

'설마…… 대장군이 졌단 말인가?'

불사의 능력에 그 누구보다 뛰어난 무공, 거기에 일격필살 능력을 가진 절명도까지.

호현의 무사들에게 있어 대장군이, 그것도 인간에게 패배한다는 것은 상상도 할 수 없는 일이었다.

그러나 그 상상할 수도 없는 일이 실제로 벌어졌다.

눈앞에 있는 인간이 바로 그 증거였다.

대장군의 패배를 깨달은 무사들의 표정은 당혹스러워하다
가 이내 자세를 잡았다.

"모두 집합!"

무사들 중 가장 고참으로 보이는 남자가 소리를 지르자 흩
어져 있던 무사들이 한곳으로 모였다.

상혁은 가만히 서서 무사들이 충분히 다가오기를 기다렸다.

이윽고 풍백의 부하들이 모두 도착해 금방이라도 달려들
듯 검을 빼 들자 상혁이 살기를 담아 말했다.

"모두 무기를 버려라."

그러나 무사들은 항복 의사를 내비치지 않았다. 이에 상혁
은 한 걸음을 내디디며 말했다.

"난 누구도 죽이고 싶지 않다."

살기와 함께 검붉은 번개가 사방에 내려쳤다.

같은 편인 여울조차 움찔할 정도로 명백한 살의.

이를 마주한 무사들의 얼굴에는 두려움이 피어나기 시작
했다.

상혁은 잠시 무사들에게 생각할 수 있는 시간을 주었다.

지금의 자신이라면 한순간에 이들을 모두 죽일 수 있었으
나 그러고 싶지 않았다.

'저들에게도 가족이 있을 것이다.'

그리고 가족을 잃는 것이 한 사람의 인생을 얼마나 망치게

만드는지는 누구보다 잘 알고 있었다.

그렇게 짧은 침묵이 이어질 때.

앞서 정예들을 불러 모았던 무사가 검을 버리며 말했다.

"항복하겠다."

이를 시작으로 다른 무사들 또한 하나둘 무기를 내던졌다.

"나도 항복하오."

그렇게 모두가 전투 의사가 없음을 드러내자 조용히 바라보고만 있던 상혁이 작게 고개를 끄덕였다.

"그럼 약속대로 이번 일은 그냥 넘어가겠다."

목령인 무사들은 믿기 힘들다는 듯 불안한 눈빛으로 상혁을 바라볼 뿐이었다.

상혁은 그런 무사들에게 명령하듯 말했다.

"모두 가족 곁으로 돌아가라. 이것이 내 마지막 자비다."

담담하지만 무게가 느껴지는 말이었다.

그제야 무사들은 조심스레 몸을 돌려 멀어져 갔고 상혁은 작게 한숨을 내쉬었다.

그렇게 상황이 마무리되자 멀리서 상황을 지켜보던 민주가 다가왔다.

"상혁아! 이겼구나! 잘했어. 난 네가 이길 줄 알고 있었어. 헤헤."

애써 환하게 웃으며 말을 걸어오는 민주를 향해 상혁 또한 미소를 답해 주었다.

"고마워. 네 도움이 컸어, 민주야."

"아니, 뭐 딱히 많이 한 건 없는 거 같은데……."

"맞아, 한 거 없지."

여울이었다.

"스승님을 업고 뛴 건 나니까."

그러자 민주가 풀이 죽은 목소리로 말했다.

"그건 네가 나보다 활을 못 쏴서 어쩔 수 없이……."

"아니거든! 내가 발이 더 빨라서거든!"

"아니, 발도 내가 더 빠른 거 같은데……."

"그만해라."

어느새 여울의 등에서 내려온 유연이 말했다.

"다들 잘했어. 우리 아들은? 다친 곳은 없고? 대장군 칼에 맞은 건 아니지?"

"괜찮아요. 엄마."

상혁은 그렇게 말하며 유연의 몸 상태를 살폈다. 오른팔이 칼에 찔려 축 늘어져 있고 온몸에는 상처가 가득해 성한 곳이 없었다.

상혁은 이를 악물더니 여울에게 물었다.

"여기 의원은 어디야?"

"의원은 지금 저기……."

"그럼 우리 엄마 좀 의원한테 데려다 줄래?"

"나?"

여울은 고개를 갸웃했다.

"응. 나는 서하한테 가 봐야 할 거 같아서."

대장군은 절대로 생원과를 순순히 넘겨줄 사람이 아니었다.

그 예상대로 보고하지 않은 어머니를 습격해 왔다.

문제는 그가 생원과를 가지고 떠난 서하가 아닌 호현에 남은 어머니에게 왔다는 것.

그 말은 서하에게 믿을 만한 자를 보냈다는 뜻이나 다름없었다.

'서하가 당할 리는 없지만…….'

서하를 믿는 것과 지원을 가는 것은 별개의 문제였다.

혹여 적이 대장군처럼 치명적인 흑철 무구나 전투에 큰 도움이 되는 은총을 가지고 있을지도 모를 일이었으니 말이다.

"잠깐, 그럼 나도 같이……."

"안 돼요. 엄마."

상혁은 황급히 일어나려는 유연을 다시 앉혔다.

활도 제대로 쏘지 못할 만큼 크게 다친 어머니를 데리고 갈 수는 없었다.

"치료받으면서 계세요. 금방 돌아올게요."

"스승님 대신 제가 같이 갈 테니 걱정 마세요."

이번에는 민주였다.

"반대할 생각은 마. 이래 봬도 나도 광명대 일원이니까."

그녀의 말을 들은 상혁은 고개를 끄덕였다.

"응. 부탁할게."

안 그래도 민주에게는 동행을 부탁하려 했었다.

원거리 지원도 그렇지만, 그녀의 시야만큼 도움이 되는 것도 없으니 말이다.

그리고 그녀 또한 광명대에 속한 선인이자 지금까지 함께한 동료.

명분으로나 조건으로나 부족함이 없었다.

"나는……."

"여울이는 엄마를 보살펴 줘."

상혁이 확고하게 말하자 여울은 침울하게 있다 고개를 끄덕였다.

"응, 나한테 맡겨 둬."

"그럼 부탁 좀 할게."

상혁은 어머니에게 꾸벅 인사를 한 뒤 뒤도 돌아보지 않고 산을 내려가기 시작했다.

유연은 그런 아들을 막지 않았다.

그 어떤 말을 하더라도 아들을 막을 수 없음을 알기 때문이었다.

그렇게 친구들을 돕기 위해 필사적으로 달려가는 아들을 바라보던 유연에게 여울이 말했다.

"우리도 이만 가실까요?"

"그래, 슬슬 움직여야지."

그러자 여울이 무릎을 굽히며 업히라는 듯 말했다.

"그럼 제가 모시겠습니다. 어머님."

하지만 유연은 이를 쳐다도 보지 않고 상혁이 떠난 방향으로 걸어가기 시작했다.

그러자 당황한 여울이 말했다.

"의원은 저쪽 방향인데요?"

"거긴 너 혼자 가."

유연은 상혁이 향한 방향으로 시선을 돌렸다.

"나는 아들 도우러 갈 테니까."

애초에 상혁의 말을 들을 생각이 없던 유연이었다. 여울은 그런 스승을 만류했다.

"상혁이가 금방 돌아온다고 했으니 그냥 기다리는 게 낫지 않을까요? 어머님 몸도 편찮으신데."

"여울아. 전쟁터에서 금방 돌아오겠다는 사람 말 믿지 마라. 열에 아홉은 못 돌아오거든. 그러니까……."

유연은 몸을 일으켰다.

그래도 두 다리는 움직일 만했다.

"너무 오래 떨어져 있었어. 이제는 한시도 떨어지지 않을 거야."

"어머님 뜻이 정 그러시다면 저도 함께하겠습니다."

"아니, 넌 따라오지 마."

그렇게 말한 유연은 정색하며 제자를 돌아봤다.

"……그리고 그 어머님 소리 한 번만 더 했다간 지옥을 맛보게 될 거다. 알았어?"

여울은 황망하게 유연을 바라보다 말했다.

"너무해!"

그런 제자를 두고 유연은 아들의 뒤를 따랐다.

◆ ◈ ◆

아미숲.

엡실론은 자기가 만든 세계에 갇힌 이서하와 유아린을 바라봤다.

'자, 그럼 슬슬 시작해 볼까?'

저 두 사람은, 아니 이서하는 과연 자신을 얼마나 즐겁게 만들어 줄 것인가.

알파가 얘기할 정도면 지금까진 겪을 수 없었던 재미를 선사해 줄지도 몰랐다.

그런 기대감으로 두 사람을 살피던 엡실론의 눈빛에 한순간 다른 감정이 스며들었다.

'인간들은 참 보면 볼수록 신기하단 말이지.'

남녀가 모이면 그 어떤 곳에서도 사랑 놀이를 하는 종족이었다.

심지어는 적과 싸우는 데 온 정신을 집중해도 모자란 전쟁터에서조차도.

그렇기에 더욱 가지고 노는 재미가 있었지만 말이다.

'이번에는 어떻게 가지고 놀아 볼까?'

연인 사이는 엡실론이 가장 가지고 놀기 좋아하는 관계 중 하나였다.

사랑과 믿음이라는 단어를 서로에게 속삭이는 이들을 농락하며 파국으로 치닫게 만드는 것은 그 어떤 극보다 흥미진진했다.

잠시 고민을 하던 엡실론이 입가를 슬며서 올렸다.

'이만큼 딱 맞는 놀이는 없겠지.'

엡실론은 두 사람을 어떻게 가지고 놀지를 결정 내리고는 입을 열었다.

"그럼 지금부터 그대들에게 기회를 주도록 하겠소."

그러자 이서하가 인상을 찌푸리며 되물었다.

"기회?"

"그래, 기회 말이오."

엡실론은 친절하게 설명을 이어 갔다.

"나의 요술은 세계 창조. 즉 이 세계 안에서는 내가 곧 신이나 다름없다는 말이오. 이쯤에서 한 가지를 물어보겠소. 만약 내가 스스로를 무적으로 만든다면, 그대들은 어떻게 될 것 같소?"

"그렇다면……."

이서하는 망설임 없이 엡실론을 향해 달려 나갔다.

"네가 능력을 사용하기 전에 죽여 버리면 되지."

엡실론은 그런 이서하를 보며 가소롭다는 듯 미소 지었다.

분명 신이라고 했는데 저리 달려드는 꼴이라니.

'특별하다고 하더니······.'

선생이라는 인간이 극찬해 한껏 기대한 것치고는 다른 인간들과 별다를 것 없는 반응이었다.

결국 특별하다는 것도 인간의 선에서 그렇다는 말이었다.

'쯧, 한심하군.'

예전부터 느껴 왔지만, 인간은 지능이 낮은 짐승과 크게 다를 바 없는 모습들을 보여 주었다.

전쟁 중에도 본능에 충실한 것은 그 때문일까?

그렇게 생각하며 웃던 엡실론은 천천히 시선을 들었다.

어느새 이서하는 코앞까지 다가와 있었고, 그의 검은 막 뻗어지기 직전이었다.

"내 말을 뭘로 들은 것이오?"

엡실론은 가볍게 손가락을 튕겼고, 상황은 반전되었다.

"······!"

조금 전까지 엡실론을 놀리던 이서하가 순식간에 유아린의 앞으로 옮겨진 것이다.

이서하는 황급히 검을 거두어들였지만, 그것이 한계였다. 그렇게 부딪친 두 사람은 서로를 안고 바닥을 굴렀다.

"크윽, 괜찮아? 아린아."

201

"응, 아무렇지 않아."

우스꽝스러운 모습에 엡실론은 조롱하듯 말했다.

"성격이 그리 급해서야 쓰겠소? 쯧쯧쯧, 기회를 준다고까지 했는데 그리도 불같이 달려들 줄이야. 아직도 그대들은 짐승 수준에서 벗어나지 못한 듯 보이오."

그리고는 양팔을 벌리며 의기양양하게 말했다.

"그런 짐승이라도 겪었다면 알았을 것이오. 내가 이 세계의 신이자 뭐든 원하는 대로 할 수 있음을 말이오. 마음만 먹는다면 지금 당장 그대들을 죽일 수도 있소만……."

이 세계에서는 엡실론이 곧 법이며, 방금처럼 적을 이리저리 날려 버리는 것은 일도 아니었다.

하지만 그것에도 한계는 명확했고, 엡실론의 말에도 과장된 면이 없잖아 있었다.

득이 있으면 실이 있고 취하는 게 있다면 반드시 무언가를 내놓아야 하는 게 자연의 이치.

엡실론이 창조한 세계라고 해서 이를 거역할 순 없었다.

자신에게 유리하면 유리할수록 규칙을 구축하는 데 필요한 음기의 양이 기하급수적으로 늘어났다.

유리함의 끝이라 봐도 무방한 신의 위치라면, 얼마나 많은 양을 요구할지 상상도 할 수 없었다.

현재 가지고 있는 음기론 턱도 없음은 당연한 일이었다.

하지만 그걸 상대가 알 리도 없고, 밝혀 줄 의무 또한 없었다.

엡실론은 당당하게 말을 이어 갔다.

"하지만 난 자비롭소. 지금부터 내가 제시하는 간단한 놀이 하나를 함께해 만약 그대들이 이긴다면, 그때는 이 세계에서 나갈 수 있게 해 주겠소. 어떻소?"

서하와 아린이 서로를 바라보며 눈빛 교환을 하더니 별다른 말 없이 엡실론에게 시선을 돌렸다.

엡실론은 만족스럽게 웃으며 고개를 끄덕였다.

"그럼 합의가 된 것으로 알겠소."

엡실론은 천진난만하게 손가락을 튕겼다.

이윽고 푸른 음기가 허공에 글씨를 새겨 나갔다.

"간단한 놀이니 굳이 설명은 필요 없을 거라 생각하오."

하늘에 새겨진 놀이는 아주 단순한 것이었다.

술래잡기.

동네 아이들이 즐겨 하는 간단한 놀이였다.

"간단한 놀이 아니오? 하지만 단순한 술래잡기는 재미없으니 몇 가지 규칙을 추가하도록 하겠소."

엡실론이 다시 한번 손가락을 튕기자 추가 규칙이 나타났다.

1. 제한 시간 내에 술래는 상대를 잡아야 한다.

2. 상대를 잡지 못하면 술래의 패배. 반대로 술래가 누군가에 머리에 손이 닿으면 상대의 패배.

3. 패배한 사람은 반드시 엄청난 고통을 받게 된다.

4. 벌칙의 강도는 받은 횟수에 따라 기존의 2배씩 증가.

5. 매 놀이가 끝날 때마다 술래를 재선정한다.

엡실론은 잠시 인간들에게 규칙을 읽을 시간을 주었다.

"그럼 슬슬 시작하도록 하겠소이다. 첫 번째 술래는……!"

하늘 위에 세 사람의 이름이 적힌 원형의 판이 생성된 후 빠르게 회전했다.

엡실론은 판을 향해 단검을 던졌고 이내 판이 회전을 멈추었다.

세 사람의 시선이 동시에 한곳에 집중되었다.

앞서 엡실론이 던진 단검이 꽂혀 있는 지점으로 말이다.

그리고 단검은 이서하의 영역 정중앙에 정확하게 박혀 있었다.

"이서하, 그대요."

이윽고 하늘의 술래잡기라는 놀이 이름 하단에 300이라는 숫자가 나타나며 초읽기가 시작되었다.

"서둘러야 할 것이오. 벌칙은 꽤나 고통스러울 터이니."

"안 그래도 그럴 생각이다."

말이 떨어지기가 무섭게 이서하가 엡실론을 향해 달려들기 시작했다.

"너의 오만을 후회하게 해 주마."

이서하의 반응에 엡실론은 미소를 지었다.

지금까지 수없이 해 왔던 술래잡기에서 인간들은 처음엔 모두 동일한 반응을 보여 주었다.

서로 힘을 합쳐 나찰인 자신을 잡으려 드는 것이다.

지금의 이서하도 그와 다르지 않았다.

나름 기습적으로 움직였다 생각할 테니, 어느 정도 성공 가능성도 엿보고 있을 것이다.

'진심으로 같잖구나.'

이후에 그려질 그림이 너무도 명확했기에, 엡실론은 헛웃음밖에 나오지 않았다.

인간들의 시도가 성공한 적은 단 한 번도 없었으니 말이다.

짐승에 가까운 인간 따위가 신에 닿을 수는 없었기 때문.

엡실론은 이서하의 속도에 맞춰 아슬아슬하게 피하며 상대를 조롱했다.

"고작 그것밖에 안 되오?"

시간은 빠르게 흘러갔고 어느덧 제한 시간이 거의 끝나 갈 때였다.

분한 듯 손을 내뻗던 이서하가 한순간에 돌변하며 외쳤다.

"지금!"

그 순간.

엡실론의 뒤로 파고든 아린이 그를 붙잡았다.

"……!"

엡실론이 당황해하며 발버둥을 치지만 힘에서는 아린을 이길 수 없었다.

"으아아아아악!"

이서하의 손이 엡실론에 닿기까지 고작 2치(6cm) 정도의 거리밖에 남지 않은 순간.

엡실론은 언제 당황했냐는 듯 정색하며 말했다.

"어찌, 설레었소?"

짧은 음성과 함께 엡실론이 사라지고 대신 아린이가 서하의 눈에 들어왔다.

서하는 이번에도 재빨리 손을 거두어들이며 바닥을 굴렀다.

그때 엡실론이 하늘 위에서 두 사람을 내려다보며 말했다.

"나름 머리를 썼지만 그 정도는 지나가던 똥개도 생각할 수 있는 작전이오. 설마 그게 통할 거라고 생각했소?"

그리고 그와 동시에 띠리리링! 하고 제한 시간이 끝났다는 신호가 들려왔다.

엡실론은 어깨를 으쓱하며 말했다.

"아무래도 첫 번째 벌칙은 그대의 것인 듯싶소."

그리고 그 순간.

말로는 설명할 수 없는 어마어마한 고통이 전신을 강타했다.

"……끄으으윽!"

갑작스레 찾아온 어마어마한 고통에 이서하가 신음을 흘렸다.

"서하야!"

아린이 걱정스러운 얼굴로 다가갔으나 이서하는 손을 들며 그녀에게서 거리를 두었다.

"……괜찮아. 걱정할 것 없어. 끄으으윽!"

버틸 만하다는 이서하와 그를 걱정스럽게 바라보는 유아린.

엡실론은 그러한 두 사람을 바라보며 미소를 지었다.

'얼마나 버틸 수 있을까?'

살이 찢기고 뼈가 분쇄되는 고통을 느끼고 있을 것이다.

그래도 극도로 단련한 무사들인 만큼 첫 고통은 잘 버틴다. 사랑하는 이들을 위해 희생을 감수하는 경우도 많다.

그러나 놀이가 진행될수록 기존의 배려, 희생, 헌신 같은 개념은 더 이상 찾아볼 수 없었다. 처음을 기준으로 2배, 4배, 그리고 8배까지 고통의 강도가 늘어나니 말이다.

제정신으로는 버틸 수 없는 고통을 맛본 자들이 택하게 되는 방법은 한 가지.

벌칙을 피하고자 동료를 희생시키는 것이었다.

고통이 '우리'라고 포장해 왔던 가식을 벗어던지고 '나'라는 본질만을 생각하게 만들어 주는 것이다.

그때부터가 진정한 술래잡기의 시작이었다.

'너희라고 다를까?'

엡실론은 괴로워하는 서하를 보며 물음을 던졌다.

과연 이서하는 다른 이들과 다를까? 아니면 여타의 인간들과 진배없을까?

기대감 반 의심 반의 감정을 가지고, 엡실론은 천천히 놀이를 즐겼다.

그러나 엡실론이 모르는 한 가지 사실이 있었다.

고통에 몸부림치는 이서하의 얼굴에 의미 모를 미소가 지어져 있다는 것을 말이다.

◆ ◆ ◆

두 번째 술래는 엡실론이었다.

그는 철저하게 이서하만을 노렸다.

술래잡기를 최고로 즐기는 법은 한 사람에게 벌칙을 몰아주는 것.

그래야 동료를 배신하고 서로가 파국으로 치닫으며 그를 더욱 희열로 가득 차게 만들어 주었으니 말이다.

그렇게 느긋하게 이서하를 가지고 놀던 엡실론은 제한 시간이 거의 한계까지 다다랐을 무렵에야 놀이를 종료시켰다.

엡실론은 힘겹다는 듯 주저앉은 이서하를 보며 깔깔거리고 웃었다.

"안타깝게 됐소. 이번에도 그대가 벌칙을 받겠구려. 하하하."

이윽고 이서하에게 고통이 몰려들기 시작했다.

"……끄으윽!"

이서하는 거품을 물면서도 잘 버텨 냈다.

처음 고통을 기준으로 나름 예상하고 있었을 테니 무리는 아니었다.

잠시 후 벌칙이 끝나고 세 번째 놀이의 술래를 정할 차례가
되었다.

서서히 돌아가기 시작하는 원판을 보며 엡실론은 잠시 생
각에 잠겼다.

'생각보다는 잘 버티는군.'

보통은 두 번째 벌칙부터 두려움을 느끼기 마련인데 말이다.

반면 이서하의 눈빛에선 여전히 삶에 대한 의지와 자신을
향한 반감이 강하게 엿보였다.

'아직 모자란 것인가? 그렇다면……'

엡실론은 원판을 향해 단검을 던졌다.

살짝의 조작을 가미해 말이다.

이윽고 회전판이 멈추며 새로운 술래가 결정되었다.

이서하.

이번 술래는 다시 한번 이서하였다.

'과연 넌 어떤 선택을 내릴까?'

세 번째 벌칙을 피하기 위해 동료를 희생시킬 것인가?

아니면 기존처럼 스스로를 희생하며 벌칙을 감내할 것인가?

어느 쪽이 됐든 흥미롭기는 마찬가지일 것이지만, 이왕이
면 후자가 되길 바랐다.

그래야 이후에 보여 줄 반전이 더욱 극대화될 테니 말이다.

엡실론은 그런 기대를 품으며 이서하를 바라봤다.

"놀이는 이미 시작됐소."

"후우……."

이서하는 양기를 폭발시킨 뒤 엡실론을 올려다보았다.

"이번에는 잡아 주마. 엡실론."

"호오."

양기 폭주. 엡실론은 그 모습에 딱히 놀라지 않았다. 과거의 인간들은 개나 소나 써 대던 것이었으니까.

엡실론은 이죽거리며 고개를 끄덕였다.

"부디 이번에는 만족시켜 주길 바라겠소."

이윽고 이서하가 빠른 속도로 엡실론을 향해 날아들었다.

양기 폭주를 사용한 만큼 이서하의 속도는 전과 비교할 수 없을 정도로 빨라져 있었다.

그러나 아무리 빨라졌다 한들 고작해야 인간.

창조된 세계라 하나 신이나 다름없는 엡실론의 털끝 하나조차 건드릴 수 없었다.

엡실론은 이서하가 내미는 팔을 손을 들어 막은 뒤 말했다.

"규칙을 잘 이해하지 못한 거 같아 좀 가르쳐 주자면, 술래는 목표의 머리를 만져야 하오. 그러니 이렇게 팔로 막으면 잡힌 게 아니라는 소리요."

"……이 자식이!"

엡실론은 분해하는 이서하를 보며 웃음을 터트렸다.

"왜 그러시오? 아주 중요한 정보인데. 아! 지금은 그대가 술래니 별 의미가 없겠군. 그럼 잘 가시오."

엡실론은 이서하를 날려 버리곤 예의 의기양양한 표정으로 내려다봤다.

이윽고 제한 시간이 종료되며 세 번째 벌칙이 시작되었다.

"……끄아아악!"

지금까지는 서서 버티던 이서하는 고통에 비명까지 지르며 바닥을 굴렀다.

엡실론은 그 비명을 음악처럼 감상하며 생각했다.

'이제 슬슬 한계겠군.'

아무리 희생정신이 투철한 무사라도 네 번째 벌칙까지 도맡은 적은 단 한 번도 없었다.

네 번째부터는 고통만으로도 목숨을 잃을 수 있기 때문이다.

꼴을 보아하니 이서하도 마찬가지일 터.

이제 그가 어떤 파국을 그려 나갈지 지켜볼 차례였다.

그렇게 생각한 엡실론은 또다시 조작을 가했고, 네 번째 술래로 다시 한번 이서하가 지정되었다.

"이 무슨 운명의 장난이오! 또 당신이라니! 하늘도 무심하시지."

엡실론은 비틀거리며 일어나는 이서하를 바라봤다. 그러나 예상과 달리 아직도 그의 눈빛은 살아 있었다.

"하늘은 널 잡으라고 날 도와주나 본데?"

엡실론은 피식 웃었다.

하늘은 무슨. 다 자신이 조작한 것인데 말이다.

게다가 전과 같은 기세도 느껴지지 않았다.

멀쩡할 때도 잡지 못했는데 고통으로 몸이 넝마가 된 상태론 턱도 없는 게 당연한 일이었다.

그럼에도 악착같이 몸을 움직이는 의지만큼은 인정해 줄 만했다.

그렇게 시간은 흘러 놀이 종료까지 약 60여 초만이 남은 상황.

엡실론은 악을 쓰고 달려드는 이서하를 바라보며 미소 지었다.

'슬슬 그 여자를 잡으러 가겠군.'

그렇지 않으면 조금 전 느꼈던 것보다 2배나 되는 고통을 마주해야 하니, 미친 게 아니라면 분명 예상대로 움직일 것이었다.

그리고 그 순간.

'……잠깐!'

알 수 없는 위화감이 엡실론을 불안하게 만들었다.

'그러고 보니, 그 여자는 어딨지?'

두 번째 술래잡기가 시작된 뒤로 단 한 번도 모습을 보이지 않았다.

'숨은 건가? 내가 술래가 되었을 때 잡히지 않으려고?'

그런 인간들도 꽤 있었다.

술래로 지정됐을 때를 제외하곤 철저하게 몸을 감추며 시야에서 벗어나려 했던 인간들이.

하지만 그건 다수가 함께할 때다.

지금처럼 단둘일 때는 끝까지 협력하기 마련인데…….

'무슨 이유로 숨은 것인가?'

인간들은 절대 예상에서 크게 벗어나지 않는다.

지금까지의 인간들이 그러했고, 알파와 선생이 칭찬했던 이서하도 곧 그럴 것이었으니까.

그러면 이 여자만은 다르다고 봐야 하는 것일까?

'아니, 그럴 리가 없다.'

겉보기에도 나름 높은 경지에 오른 무사임을 알 수 있었다.

그런 그녀가 이리도 쉽게 포기한다는 건 엡실론의 경험상 절대 있을 수 없는 일이었다.

분명 다른 꿍꿍이가 있다는 뜻.

그렇게 생각을 확정 지은 엡실론은 바로 확인에 들어갔다.

천상의 눈.

하늘에 수천 개의 눈알이 생성되며 유아린을 찾았다.

이윽고 그녀가 어디론가 빠르게 달려가는 것이 모습이 포착되었다.

그리고 그녀의 목표는 바로…….

'젠장!'

이 세계의 핵이 있는 곳이었다.

난처해진 엡실론이 유아린을 저지하기 위해 급히 이동하

려는 순간.

틱.

팔이 붙잡혀 뜻을 이루지 못했다.

엡실론이 분노와 짜증으로 얼룩진 얼굴로 뒤를 돌아봤을 때, 이서하가 방긋 웃으며 마주 보고 있었다.

"잡았다!"

엡실론과 핵.

두 가지를 모두 잡는 순간이었다.

◆ ◈ ◆

세계 창조.

상대를 자신의 손바닥 안에 가둘 수 있는 나찰의 요술.

음기 조건만 만족시킨다면 그 어떤 존재도 감당할 수 있으니 최강의 요술이라 할 수 있었다.

그러나 파훼법이 없을 것만 같은 이 능력에도 약점은 존재했다.

바로 세계의 근간을 이루는 핵이었다.

핵의 파괴는 곧 창조된 세계의 붕괴를 뜻했고, 이를 다시 만들기 위해서는 최소 반 시진은 그것에만 몰두해야 했다.

그런데 지금.

그 중요한 핵이 파괴될 위험에 빠졌다.

'어서 막아야…….'

엡실론은 상대를 저지하기 위해 움직이려 했다.

그러나 누군가 그 행동을 멈춰 세웠다.

"잡았다!"

이서하. 한눈파는 사이 그에게 팔을 잡힌 것이었다.

머리에 닿지 않아 놀이는 계속될 테지만, 지금은 그것을 신경 쓸 때가 아니었다.

현 시점, 저 두 사람이 핵의 존재를 파악하고 있었느냐보다 중요한 것은 아무것도 없었으니 말이다.

그리고 그에 대한 답은 금세 알아챌 수 있었다.

'처음부터 알고 있었던 것인가!'

승리를 확신한 이서하의 표정.

이 순간에도 핵이 묻힌 장소로 빠르게 접근하고 있는 유아린.

두 사람은 의문에 대한 해답을 대놓고 보여 주고 있었다.

지금까지 보였던 행동들이 이 순간을 위한 연기였다고 말이다.

'도대체 어떻게……!'

물음을 던져 보지만 해결될 리 없는 문제였다.

돌이켜 보면 처음 마주했을 때부터 의문투성이였다.

아직 모습을 드러내지 않았음에도 자신이 벌인 일임을 눈치챘고, 일곱 혈족의 이름을 일일이 나열했다.

게다가 핵의 존재를 사전에 파악하고 움직였다는 듯한 행동까지.

단순히 소문을 접한 것만으로 알 수 있는 것들일까?

이전엔 가볍게 넘겼던 것들이 뒤늦게 의혹으로 밀려들며 혼잡하게 만들었다.

그러나 엡실론은 빠르게 머릿속을 비웠다.

'지금은 그런 쓸데없는 생각을 할 때가 아니다.'

핵의 존재를 어떻게 알았는지는 알 수 없다.

하지만 그 의문을 해소한다 해서 당면한 위기가 사라지는 건 아니다.

고민은 나중에 해도 늦지 않고, 지금은 행동이 먼저였다.

핵이 박살 나는 순간, 자신은 위대한 일곱 혈족에서 평범한 나찰 수준으로 곤두박질칠 테니 말이다.

엡실론이 굳은 표정으로 이서하를 돌아보며 말했다.

"고작 이걸로 날 잡았다 생각했다면 오산이오."

그 말을 끝으로 이서하의 손에서 엡실론이 사라졌다.

핵이 묻힌 장소에 도착한 유아린이 주먹을 내리치는 것과 동시에 벌어진 일이었다.

쾅! 하는 폭발음과 함께 먼지가 흩날리며 시야를 어지럽혔다.

아린은 거친 숨을 몰아쉬며 한 곳을 응시했고, 이윽고 먼지를 헤치며 한 남자가 걸어 나왔다.

"이거, 조금은 놀랐소이다."

엡실론. 정말로 식은땀이 흐를 만큼 긴박한 순간이었다.

"하지만 조금 모자랐소이다."

"크윽!"

회심의 일격이 무위에 그치자 아린은 곧바로 엡실론에게 돌진해 주먹을 뻗었다.

그러나 엡실론은 가소롭다는 듯 바라볼 뿐 여전히 별다른 움직임을 보이지 않았다.

그렇게 아린의 주먹이 엡실론의 턱을 치는 순간.

퍽! 하는 소리와 함께 튕겨 나가며 바닥을 뒹군 이는 오히려 유아린이었다.

엡실론은 여유롭던 모습을 되찾으며 능청스럽게 말했다.

"몇 번을 말해 줘야 아는 것이오? 이 세계 안에서 나는 신과 같다 하지 않았소."

"퉤!"

이에 아린은 침을 뱉는 것으로 응수했다.

그런데 튀어나온 타액에 붉은색의 무언가가 섞여 나왔고 비릿한 맛까지 느껴졌다.

충격이 반사되는 과정에서 입술이 터진 것이었다.

아린은 별일 아니라는 듯 입가를 손등으로 닦으며 엡실론을 바라봤다.

'어떻게 하면……'

엡실론은 뚫을 수 있을까?

그에 해답을 찾는 데만 집중할 뿐이었다.

그리고 그 순간.

"아린아!"

뒤늦게 도착한 이서하가 엡실론을 향해 손을 뻗었다.

핵을 파괴하는 데 실패한 이상 엡실론이라도 잡으려는 것이었다.

그러나 이번에도 엡실론은 유아린 때처럼 아무런 반응도 보이지 않았다.

그 이유는……

띠리리리링!

요란한 종소리와 함께 제한 시간이 모두 흘러가 버렸기 때문이다.

"이거 참……"

엡실론은 우뚝 선 이서하를 바라보며 한쪽 입꼬리를 비틀었다.

"아쉬워서 잠이나 잘 수 있겠소? 크크크."

그렇게 엡실론의 비웃음이 날아든 순간.

네 번째 벌칙이 시작되었다.

첫 번째 고통과 비교하면 8배에 달하는 극통.

아무리 화경의 경지를 뛰어넘은 이서하라도 버거울 수밖에 없었다.

"……으아아아아악!"

이서하는 고통에 몸부림치며 그대로 바닥을 뒹굴었다. 입에서는 피가 쏟아져 나오기 시작했다.

"서하야!"

고통스러워하는 서하의 모습에 아린은 절규했다.

하지만 그녀가 할 수 있는 건 그것이 전부였다.

안타까운 시선으로 바라보는 것 말고는 고통을 나눌 방법은 애초에 존재하지 않았다.

이서하 홀로 감당해야 할 몫이었으니 말이다.

그런 두 사람을 바라보며 엡실론은 회심의 미소를 지었다.

'끝났군.'

근육과 핏줄이 전부 뒤틀리며 신경 하나하나가 통상 상태보다 100배는 더 예민해져 있을 것이다. 그런 상황에 극한의 고통이 가해지면 대개의 인간들은 생명줄을 놓는다.

이서하란 생의 불꽃이 꺼지기까지 그리 오랜 시간이 걸리지 않을 것이다.

그러나 웃음이 머금어졌던 엡실론의 입가는 어느새 제자리로 돌아와 있었다.

왠지 모르게 만족스럽지 않다.

원래라면 절규하는 인간들을 보며 전율이 느껴져야 하는데 말이다.

'뭐지? 뭐가 모자란 거지?'

잠시 고민하던 엡실론은 그 이유를 찾아냈다.

바로 이 인간들이 자신을 가지고 놀았다는 불쾌감이 남아 있었기 때문이다.

'그래, 그래. 다른 인간들과 똑같은 절망만 줘서는 안 되지.'

그때 한 생각이 머리를 스치고 지나갔고 엡실론은 이서하에서 유아린에게로 시선을 옮겼다.

"연인을 살리고 싶소?"

엡실론의 말에 유아린이 휙 고개를 돌렸다.

"그럼 기회를 주겠소."

엡실론이 손가락을 튕기자 땅에서 세계의 핵이 튀어나왔다.

푸른빛의 구. 하늘의 달처럼 거대한 크기의 음기 결정체는 영롱한 빛을 내며 회전하고 있었다.

"지금이라도 이것을 파괴하면 연인을 고통에서 해방시켜 줄 수 있소."

인간을 무너트리는 가장 쉬운 방법은 무력감을 선사하는 것.

연인을 살릴 기회를 제공하며 희망을 불러일으킨다.

이를 눈앞에서 놓치게 만들며 이전에 비할 수 없는 심적 고통과 자괴감을 선사한다.

그로 인해 살아남은 자가 토해 낼 한 맺힌 절규.

엡실론은 그것이 듣고 싶었다.

그의 바람대로 아린은 음기를 내뿜으며 달려들었다.

"죽어어어어!".

무슨 일이 있어도 핵을 부수고 말겠다는 처절한 몸부림이었다.

엡실론은 그 모습을 차분히 지켜봤다.

그리고 유아린이 핵에 닿을 듯 말 듯한 위치에 도달했을 때야 비로소 원래 자리로 돌려보냈다.

"아깝게 되었소. 조금만 더 갔다면 핵을 공격할 수 있었을 텐데."

가능성이 있음을 보여 준다.

마치 조금만, 한 번만 더 시도하면 가능할 것처럼 느끼도록 말이다.

역시나 유아린은 다시 달려들었고, 엡실론은 아슬아슬한 순간에 제자리로 되돌려 보내는 것을 반복했다.

시간이 흐를수록 유아린은 좌절에 빠져들 수밖에 없었다.

희망을 가장한 절망이 그녀의 정신을 조금씩 갉아먹은 것이다.

반면 엡실론은 희열에 전율했다.

일방적인 농락이었다.

이를 알면서도 같은 행동을 반복할 수밖에 없다.

눈앞의 핵을 파괴하지 못하면 연인의 죽음을 지켜만 봐야 하는 최악의 상황을 마주하게 될 테니까.

물론 그녀가 바꿀 수 없는 결말이었다.

"이거야 원, 핵을 보여 주기까지 했는데 실망시킬 참이오? 조금만 더 힘내 보시오. 그대의 연인이 죽어 가는 걸 보고만 있을 생각이오?"

비명조차 지를 힘도 없는지 이서하는 눈을 뒤집어 까고 벌레처럼 몸을 비틀고 있었다.

"서두르는 게 좋을 것이오. 시간이 얼마 남지 않아 보이니."

그런 엡실론을 향해 아린은 울분을 토해 냈다.

"죽어어어어어!"

아린이 절규와 함께 주먹을 내지를 때였다.

"저런."

엡실론은 아린의 바로 앞까지 다가가 뻗어지던 주먹을 붙잡으며 말했다.

"원망은 내가 아닌 본인에게 하시오. 이 결과를 마주하게 된 건 모두 그대의 나약함 때문이오."

그러면서 엡실론은 한 곳을 가만히 응시했고, 아린이 새하얗게 질린 얼굴로 황급히 고개를 돌렸다.

방금 전까지만 해도 격하게 꿈틀거리던 서하가 미동도 없이 누워 있었다.

"내 세계에서는 벌칙을 받는 중에 기절하는 일은 없소. 그럼 벌칙이 의미 없게 되니까. 그런데 저리 미동도 없다. 그게 무슨 뜻인 것 같소?"

"……."

아린은 차마 대답하지 못했다. 그러자 엡실론이 그녀의 귀에 대고 잔인한 현실을 일깨워 주었다.

"바로 죽었다는 뜻이오."

엡실론의 말에 아린의 손이 부르르 떨렸다.

"……거짓말."

"거짓말이 아니오. 정 못 믿겠다면, 직접 가서 확인해 보는 건 어떻소? 내 그 정도의 배려는 해 줄 수 있소."

"거짓말이야. 그럴 리 없어."

아린이 애써 고개를 저으며 부정해 보지만, 그럴수록 엡실론을 기분 좋게 만들 뿐이었다.

"축하하오. 연인을 희생시켜 살아남은 것을."

"아니야. 아니야. 아니야."

"왜 그러시오? 그래도 당신은 살았으니 좋아해야 할 일 아니오?"

"닥쳐!"

아린이 충혈된 눈으로 바라보며 소리치자, 엡실론은 그녀를 밀어내며 거리를 벌렸다.

"아쉽겠지만, 놀이는 여기까지요. 단둘이 노는 건 딱히 재미가 없어서."

"너 때문에……."

이윽고 분노한 아린의 몸에서 어마어마한 양의 음기가 방출되었다. 그리곤 지체 없이 엡실론을 향해 달려들었다.

"죽어어어어!"

피하기도 하고 튕겨도 보지만, 아린은 끝장을 보겠다는 듯 멈추지 않았다.

그 모습에 엡실론은 흥미롭다는 듯 턱을 만지작거렸다.

'아까부터 음기의 비중이 높다고는 생각했지만……'

지금은 인간의 한계를 벗어나도 아득히 벗어난 수준이었다.

'흡사 나찰과 같이.'

그때 문득 누군가에게 들은 내용이 떠올랐다.

'나찰의 피가 흐르는 인간이 있다고 하더니, 그게 저 여자 였던가.'

동족을 배신한 나찰과 인간 사이에서 혼혈이 태어났다고, 그 후손이 이어지고 있다는 것을 들은 적이 있었다.

그럼에도 별다른 관심을 두지 않았다.

기껏해야 반쪽짜리 나찰에 지나지 않을 테니까.

그런데 막상 두 눈으로 확인하고 보니 흥미가 동하기 시작 했다.

'생각보다…… 훌륭하군.'

음기의 농도로만 보면 위대한 일곱 혈족에 미치진 못해도 여타의 나찰들은 손쉽게 뛰어넘을 것이다.

'어떻게 새로운 놀이라도 해서 데리고 가 볼까?'

원래라면 이대로 살려 보내 비참한 인생을 살게 만들어야 하지만, 저 반쪽 나찰만큼은 다른 방식으로 진행해도 좋지 않 을까 고민이 되었다.

'굳이 후환의 여지를 남겨 둘 필요도 없겠지.'

저 여자가 인간 사회로 돌아가 핵에 대해 발설한다면 골치 아파질 것이다.

앞으로 싸워야 할 수많은 인간 고수들이 핵만 노리고 달려들면 놀이의 진행도 순조롭지 않을 테고 말이다.

그렇게 아린을 품기로 결정하며 다시 그녀에게 시선을 집중하는 순간.

'……!'

묘한 위화감이 엡실론을 감쌌다.

연신 주먹을 뻗으며 내지르는 목소리엔 절규만이 가득했다.

'그런데 어째서…….'

전혀 어울리지 않는 미소를 짓고 있는 것인가.

엡실론은 유아린을 강하게 밀어내며 물었다.

"이제 정신이 나간 것이오?"

불가능한 일은 아니다.

음기 폭주는 인간을 미치게 만드니까.

아무리 나찰의 피가 흐른다 해도 반쪽짜리에 그친 탓에 정신을 온전히 유지하지 못할 수도 있다.

그러나 그것은 엡실론의 착각이었다.

아린은 조소를 숨기지 않으며 말했다.

"정신은 네가 나갔겠지."

엡실론은 그제야 무언가 잘못되었음을 깨닫고는 본능적으로 고개를 돌렸다.

그리고 그 순간.

쩌적!

무언가 부서지는 소리와 함께 엄청난 고통이 몰려들었다.

"커헉!"

엡실론은 심장을 부여잡고 뒷걸음질 치며 핵을 올려다보았다.

그리고 그곳에는 상상조차 할 수 없었던 인물이 서 있었다.

"네, 네가 어떻게……."

이서하.

죽은 줄만 알았던 그가 황금빛으로 타오르고 있었다.

회귀 전, 나는 위대한 일곱 혈족에 대한 정보를 모으기 위해 이곳저곳을 돌아다녔다.

그 과정에서 알게 된 것이 바로 위대한 일곱 혈족 중 가장 악랄하며 상대하기 까다로운 존재가 엡실론이라는 것.

하여 무사들의 증언을 바탕으로 엡실론을 상대할 방법들을 고민하였고, 가장 확실한 공략법을 손에 넣게 되었다.

자신은 절대로 패배하지 않을 것이라는 엡실론의 오만함.

그 감정의 빈틈을 파고드는 것이었다.

엡실론이 승리를 확신하게끔 유도하며 허를 찌르는 작전.

그 작전을 정확히 들어맞았고, 내가 그토록 바랐던 그림이 눈앞에 펼쳐져 있었다.

"네, 네가 어떻게……."

핵을 꺼내 보이면서까지 아린이를 조롱했던 엡실론이 한없이 당황한 표정으로 나를 올려다보고 있지 않는가.

'이전까지 이런 시선으로 바라봐 왔겠지.'

그러니 당황해 말을 잇지 못하는 것이다.

이런 순간을 단 한 번도 상상해 보지 못했을 테니까.

난 엡실론의 말투를 따라 하며 과거 인간들이 느꼈을 감정을 그대로 돌려주었다.

"신이라는 자가 그것도 모르오? 한번 잘 생각해 보시오."

생각해 본다고 달라지는 건 없겠지만.

그의 생각대로 내 심장은 멈췄었고 죽은 게 맞았다.

하지만 그는 나에게 비장의 무기 하나가 남아 있음을 알지 못했다.

적오의 심장.

다른 목적으로 얻었던 그것이 엡실론의 오만을 극대화시키는 방점이 된 것이다.

'이래서 정보가 중요한 거지.'

정보의 불균형.

나는 엡실론을 잘 알고 있었으나, 그는 나에 대해 무지했다.

그 차이가 지금의 반전을 일으킨 것이다.

"크윽!"

엡실론은 고통에 이를 악물며 손을 들어 올렸다. 아마도 어떻게든 핵을 지킬 생각이겠지.

그러나 나는 누구처럼 오만함으로 위기를 자처할 생각이 없다.

매 순간이 나에겐 마지막 기회였으니 말이다.

"어딜!"

거대한 핵을 이리저리 베어 나가자 하늘에 거대한 실선이 생겨나기 시작하며 엡실론의 비명이 뒤이어졌다.

"크아아아악!"

나는 고통에 힘겨워하는 엡실론을 내려다보았다.

"어때? 오랜만에 고통을 체감해 본 소감이?"

언제나 일방적으로 인간을 괴롭혀 온 엡실론이었다. 이러한 고통은 익숙하지 않을 터였다.

그렇다고 봐줄 이유는 없다.

"엄살떨지 마. 지금까지 네가 다른 이들에게 준 고통에 비하면 발톱의 때만도 못할 테니까."

나는 곧장 핵을 향해 마지막 일격을 날렸다.

낙월검법(落月劍法), 태양선(太陽線)

한 줄기의 황금빛 기운이 핵을 향해 날아갔다.

이윽고 이미 균열이 가 있던 핵의 음기에 양기가 뒤섞이며 거대한 폭발이 일어났다.

"안 돼에에에에에에!"

엡실론의 절규와 함께 모든 공간으로 균열이 퍼져 나갔다. 마치 유리가 깨지는 것처럼 세계가 주저앉는다.

이윽고 시야에 담기는 건 나무들로 빼곡한 숲속 정경.

아린이가 공터로 만들었던 곳과는 차이가 있었지만, 아미 숲으로 돌아온 건 확실했다.

"하아, 하아."

그리고 내 앞에는 엡실론이 무릎을 꿇은 채 겁에 질려 벌벌 떨고 있었다.

나는 그런 엡실론을 향해 한 걸음을 내디뎠다.

"오, 오지 마! 오지 마!"

엡실론은 엉금엉금 기며 나에게서 벗어나려 했다. 내상이 심한 탓에 제대로 도망조차 치지 못하는 것이었다.

"히익!"

그런 그의 앞을 막아서자 놀라 뒤로 나자빠지기까지 한다.

조금 전까지 보여 줬던 위엄은 눈을 씻고 살펴도 찾아볼 수 없을 만큼 말이다.

나는 그를 무표정하게 내려다보며 말했다.

"과거 나찰이 왜 졌는지 아나?"

"……."

"너처럼 오만했기 때문이다."

엡실론은 이를 악물었다.

"이…… 하등한 인간 따위가……!"

"그래, 그 하등한 인간한테 진 거다, 너는."

더는 말을 섞을 필요가 없는 존재다.

"죽음이 얼마나 비참하고 충격적인지 너도 한번 느껴 봐라. 엡실론."

그 말과 함께 나는 천광을 내려쳤다.

Chapter 114.

최악의 나찰, 엡실론.

회귀 전, 그에게 농락당했던 이들은 분노에 잠식되어 스스로를 망가뜨려 갔고, 복수를 성공시킨 이는 단 한 명도 존재하지 않았다.

그중엔 나와 친분을 쌓았던 무사들도 많았다.

이후 엡실론에게 붙은 이명이 바로 '좌절의 수확자'.

희망이란 씨앗을 뿌린 뒤 좌절로 거두어들이는 그의 방식에 걸맞은 명칭이었다.

그리고 이것이 향후 그가 만들어 갈 미래.

물론 아직은 일어나지 않은 일이다.

하지만 엡실론이 살아 있는 한 반드시 벌어질 일이고, 언제가 되었든 마주하게 될 참상이었다.

그렇기에.

"으아아아아악!"

공포에 절은 엡실론의 눈빛을 마주하며, 나는 망설임 없이 천광을 내려쳤다.

동료들과 무사로서의 자긍심을 잃었던 과거 피해자들을 위해.

그리고 희생이 뒤따르는 동일한 미래를 반복하지 않기 위해.

그렇게 모두가 바랐던 염원을 마침내 이루려던 순간.

"거기까지다."

한 남자의 목소리가 천광을 우뚝 멈춰 세웠다.

"히익!"

엡실론이 자신의 목 바로 앞에서 멈춘 검을 바라보며 질겁하지만, 지금은 그것을 신경 쓸 때가 아니었다.

이 목소리는 분명…….

"……."

이내 목소리가 들려온 곳으로 시선을 돌렸을 땐.

이미 예상했던 존재가 나를 바라보고 있었다.

"그 망할 놈을 나에게 주지 않겠나?"

시그마.

그는 무언가를 앞으로 내밀며 말을 이어 갔다.

"네 친구를 살리고 싶다면 그리하는 게 좋을 거다."

처음에는 누구를 말하는지 깨닫지 못했다. 그러나 자세히 들여다본 직후, 나는 그 정체를 알아볼 수 있었다.

"……지율아."

온몸을 피로 뒤집어쓴 존재.

다름 아닌 지율이였다.

심지어 그는 조금의 미동도 보이지 않았다.

설마 이미 숨이 끊어진 것일까?

그런 내 의문을 눈치챈 것인지, 시그마가 지율이를 흔들어 보였다.

"그렇게 노려볼 것 없다. 아직은 죽지 않고 살아 있으니."

그의 말대로 지율이의 복부는 미약하게나마 움직이고 있었다.

다행이다. 그래도 살아만 있다면 지율이를 구할 수 있을 것이다.

그렇게 안도할 때 시그마가 엡실론에게 말했다.

"나에게 이서하와 싸울 수 있게 해 준다고 하지 않았나?"

"그, 그게 말이야. 작전이 뭔가 틀어졌지 뭔가. 이서하를 내보내려고 했는데 실수로 다른 놈들이 나가서……."

"추하군."

시그마는 엡실론의 변명을 칼같이 잘랐다.

"그래도……."

그리고는 다시금 나에게로 시선을 돌렸다.

"이대로 죽게 내버려 둘 수는 없는 입장이라서 말이야. 네 친구를 돌려줄 테니 엡실론을 내놓지 않겠나?"

"……."

"난 누구랑 달리 거짓말을 하지 않으니 의심할 필요 없다."

다른 꿍꿍이가 없음을 밝히지만, 나는 시그마의 제안을 선뜻 받아들일 수 없었다.

단순히 그를 믿지 못해서가 아니었다.

앞으로 있을 전쟁을 생각한다면, 지금 이 자리에서 엡실론을 죽이는 것이 백번 옳았다.

내가 회귀를 한 것은 나찰로부터 인류를 지키기 위함이었으니까.

그렇기에 나는 모든 것을 바쳐 가며 여기까지 왔다.

하지만 나의 대의를 위해 지율이를 희생시키는 것이 옳은 일일까?

과연 그에게 희생을 강요하는 것이 내가 바랐던 미래였는가.

그런 물음에 답을 내놓기란 쉬운 일이 아니었다.

그러나 시그마는 그럴 여유 따윈 줄 생각이 없었다.

"셋을 세지. 거래에 응할 것인지는 그 안에 결정해라. 하나."

시그마의 확언에 가장 먼저 반응한 건 엡실론이었다.

그는 발작하듯 목에 핏대를 세우며 외쳤다.

"조, 조금 더 인내를 가지고 설득하라고! 인간은 동료를 귀히 여기는 걸 알지 않나?"

"둘!"

"시그마아아아아!"

난 엡실론의 절규를 들으며 고민했다.

무엇이 옳은 선택일까?

아니, 그렇게 생각하면 답이 나오지 않는다.

답을 내리기 위해서는 생각을 바꿔야 한다.

'어떤 선택을 해야 후회하지 않을까?'

그렇게 묻는다면 내가 말할 답은 하나뿐이었다.

"세······."

"알았다. 거래에 응하지."

회귀 전. 나는 언제나 쉬운 길로 가기 위해 동료들을 희생했다.

그 뒤에 돌아온 건 살아남았다는 안도감 따위가 아니었다.

제 목숨의 보전만 고려하며 내렸던 이기적인 결정은 오로지 후회만을 동반했다.

같은 실수를 반복할 수는 없다. 그러니 이번에는 조금 돌아가더라도 후회 한 점 남기지 않을 생각이었다.

나의 대답을 들은 시그마는 고개를 끄덕였다.

"좋다."

그리고는 곧바로 지율이를 바닥에 던졌다.

"넌 그저 엡실론의 목에서 검만 떼고 네 친구를 데리고 가면 된다. 허튼짓하지 마라. 지금도 네 친구를 죽이는 건 쉬우니."

"난 동료의 목숨으로 도박하지 않아."

나는 아린이를 향해 눈빛을 보낸 뒤 엡실론을 똑바로 세워 앞으로 밀었다.

"윽!"

엡실론이 몇 발자국 앞으로 걸어가는 순간 아린이와 시그마가 동시에 움직였다.

그렇게 아린이가 지율이를 안고 복귀했고, 시그마 역시 엡실론에게 달려가 그의 뿔을 잡아끌며 데리고 갔다.

"으아아악! 뿔 부러진다! 뿔!"

"왜? 지금도 그 좆같은 하오체를 쓰며 부탁해 보지?"

"크윽!"

그렇게 어느 정도 멀어진 시그마는 엡실론의 뿔을 놓으며 말했다.

"앞으로 단 한 번이라도 날 속이면 인간들보다 네가 먼저 죽을 것이다. 알겠나?"

"……."

엡실론은 이를 악물며 분함을 표출하면서도 고개를 끄덕였다.

"명심하겠소."

"……그럼 뒤로 빠져 있어라. 방해되니까."

"크흠."

역시나. 예상했던 대로 시그마는 엡실론을 확보하자마자 태도를 돌변했다.

'이길 수 있을까?'

시그마는 엡실론과 달리 순수한 무투파 나찰이었다.

요술 역시 신체 강화 계열. 어떻게 보면 현 상황에서는 엡실론보다도 까다롭다고 볼 수 있었다.

'엡실론은 최소한 공략법이라도 있었지만……'

시그마는 정직하게 힘으로 찍어 누를 수밖에 없다.

나와 아린이 단둘이서 그것이 가능할까?

게다가 문제는 하나 더 있었다.

'시그마도 걱정이지만……'

사라지지 않고 뒤에 서 있는 엡실론도 거슬렸다.

시그마를 상대하기 위해서는 나와 아린이가 전력을 다해야 한다.

약점을 파고들기 좋아하는 엡실론이 그 기회를 놓칠 리 없었다.

저항할 수 없는 지율이를 이용하려 들 것이었다.

'망할……'

한 차례 고비를 넘겼다 생각했더니, 더 절망적인 위기가 닥쳐오고 있었다.

그 순간에도 시그마는 한 걸음을 내디뎠다.

"그럼……"

결국 싸워야 하는가.

아니, 이번에도 살아남을 수 있을까?

그런 비관적인 생각으로 뒤이어질 충돌을 기다릴 그때였다.

하늘에 먹구름이 몰려들더니 나와 시그마 사이로 검붉은 번개가 내려쳤다.

그리고…….

"이서하아아아아!"

이윽고 내 앞으로 한 남자가 착지했다.

그의 몸에서는 검붉은 번개가 성을 내듯 파지직거리며 뿜어져 나왔다. 마치 번개 그 자체가 인간의 모습을 한 것만 같은 박력.

그러나 이 순간 그 누구보다 반가운 존재였다.

"이 형이 도와주러 왔다."

한상혁.

호현에 놔두고 온 나의 친구.

"……상혁아."

딱 봐도 한 단계, 아니 두 단계는 경지를 뛰어넘은 모습이었다.

"너 무슨 일이 있었던 거야?"

"왜? 너무 멋있어졌냐? 설명하자면 긴데…….."

상황에 어울리지 않는 미소를 머금고 말하는 상혁이었으나, 이내 지율이를 발견하고는 표정을 굳혔다.

"……일단 저 개자식부터 죽이고 보자고."

이윽고 그의 몸에서 살의가 피어올랐다.

전에는 느낄 수 없었던 순수한 살기.

고작 몇 시진 만에 다시 본 상혁은 완전히 다른 사람이 되어 있었다.

그렇게 상혁이까지 합류하자 엡실론이 시그마를 만류했다.

"후, 후퇴하는 게 어떻소? 지금 나타난 저자도 평범하지는 않은 거 같은데."

"약한 소리 할 거면 꺼져라. 방해되니까."

"강한 척할 때가 아니오! 난 또 다른 핵을 만들 때까지 반 시진은 걸리오! 도움이 안 된단 말이오!"

"……."

그때 두 나찰을 향해 강철 화살이 하나 날아들었다.

"……!"

시그마는 바로 몸을 틀어 피했으나 엡실론의 반응은 살짝 늦었다. 그렇게 강철 화살은 엡실론의 투구와도 같은 뿔을 강타했다.

우득! 하는 소리와 함께 화살이 튕겨 나갔다.

"으악!"

비명을 지른 엡실론은 이내 자신의 머리를 만지작거리며 절규했다.

"……내 뿔이!"

여유롭던 시그마의 얼굴도 찌푸려졌다.

나찰의 뿔은 경지에 따라 그 강도가 결정된다.

아무리 요술이 없는 엡실론이 약하다 한들 위대한 일곱 혈족 중 한 사람. 그런 엡실론의 뿔을 부러트린 것만으로도 그 위력은 증명이 된 것이었다.

"쯧."

시그마는 혀를 챘다.

그 또한 상혁이의 존재와 그리고 뒤에 숨은 민주의 저격이 신경 쓰일 수밖에 없을 것이다.

이윽고 시그마가 결정을 내린 듯 말했다.

"좋아. 지금은 물러나지. 다음에는 꼭 죽여 주마. 이서하."

시그마는 당당하게 몸을 돌렸다. 시그마와 엡실론이 멀어지자 상혁이 뒤를 쫓으려 했다.

"어딜……."

"쫓지 마. 상혁아."

"지금 죽이자. 다른 하나는 별 볼 일이 없어 보이는데."

"아니, 그렇지 않아."

시그마는 그렇게 우습게 볼 상대가 아니었다. 지금도 덤벼 볼 테면 덤벼 보라는 듯 당당하게 등을 보이고 있지 않은가.

지금은 저들을 상대로 승리를 장담할 수 없었다.

"그리고 지금은 그보다 더 중요한 일이 있어."

나는 지율이게로 시선을 돌렸다.

한시라도 빨리 지율이의 상태를 확인해 봐야 했다. 그제야 상황을 파악한 상혁이가 당황한 눈으로 나를 바라보았다.

"……괜찮은 거겠지?"

"그러길 바라야지."

난 바로 지율이의 옆으로 가 말했다.

"지율아, 정신 차려. 내 말 들려?"

"……아아."

내 목소리를 들은 지율이는 허탈하게 미소를 지었다.

"그래도…… 어떻게 버텼네. 쿨럭!"

몇 마디 하지 못하고 피를 토해 내는 지율이었다.

겉보기에도 좋은 상태가 아니었지만, 외상보단 내상이 더 심각한 것만 같았다.

나는 바로 지율이의 맥을 짚어 보았다.

'……!'

지율이의 상태는 내가 상상한 것 이상으로 위중했다.

모든 기혈이 모두 녹아 버린 것처럼 눌어붙어 있고 단전 역시 완전히 쪼그라들어 없어진 것이나 마찬가지였다.

"……."

난 이러한 상태를 잘 안다.

내가 직접 경험해 보았으니까.

한계를 초월한 양기 폭주로 인한 신체 붕괴.

바로 2차 북대우림 원정에서 나에게 나타났던 증상이었다.

그렇다면 지율이를 이렇게 만든 원인은 하나뿐이었다.

"……극양신공을 사용한 거야?"

"……."

"도대체 누구한테 배워서……."

지율이는 대답하지 않았다.

그렇다고 알아내지 못할 것은 아니었다. 나를 제외하고 타인에게 가르쳐 줄 정도로 극양신공을 통달한 이는 두 사람뿐이었으니까.

김한결 스승님은 광명대원들을 훈련시키고 있으니 제외.

그렇다면…….

내가 고개를 들자 아린이가 고개를 끄덕였다.

"맞아. 내가 가르쳐 줬어."

순순히 인정하는 아린이었다. 그 모습에 가슴 속에서 뭔가가 끓어올랐다.

"내가 분명 아무에게도 가르쳐 주지 말라고……."

"너한테 도움이 되고 싶다고 해서."

아린이는 표정 하나 변하지 않고 말했다.

"그리고 도움이 되었잖아."

"그렇다고 해도……!"

나는 감정적으로 외치다 말을 멈추었다.

지율이의 마음은 알고 있다. 조금이라도 도움이 되고 싶다는 것. 그것은 내가 회귀 전부터 항상 가지고 있던 마음이니까.

그리고 무엇보다 도움이 되었다. 극양신공이 없었다면 우리가 빠져나올 때까지 지율이가 시그마를 버텨 낼 수는 없었을 테니까.

그런데도 극양신공을 가르쳐 주지 않은 이유는 저들이 한 치의 고민도 없이 몸을 불살라 싸울 것임을 알기 때문이었다.

바로 지금처럼.

그렇게 아무런 말도 하지 못하고 가만히 아린이만 바라보고 있을 때 지율이가 내 손목을 잡았다.

"아린이를 너무 뭐라고 하지 마라. 내가 원해서 한 일이야."

"……."

떨리는 손. 지율이는 힘겹게 말을 이어 갔다.

"나도 알고 있어. 광명대는 나에게 과분하다는 걸. 나 따위가 있어서는 안 되는 부대라는 걸. 그래도 도움이 되고 싶었다."

그리고는 미소를 짓는다.

"그러니까 그냥…… 고맙다고 한마디만 하고 보내 줘라."

그 순간 손목을 잡고 있던 지율이의 손에서 힘이 빠졌다.

"야, 주지율!"

나는 황급히 맥을 짚어 보았다. 일 초가 다르게 상황이 나빠지고 있었다.

'젠장!'

나는 즉시 품 안으로 손을 집어넣었다.

지율이의 몸 상태가 아무리 엉망이라 하더라도 지금 내 실력이라면 조금은 숨을 잡아 둘 수 있을 것이었다.

그렇게 서둘러 침통을 꺼낸 나는 지체 없이 뚜껑을 열었다.

그리고는 침을 잡으려 했으나 떨리는 손은 뜻대로 움직이지 않았다.

"망할!"

침착하자.

분명 살릴 수 있다.

약선님이 천우진과의 싸움 이후 양기 폭주로 죽을 위기에 빠진 나를 구했듯 나 또한 지율이를 구할 수 있을 것이다.

침착하게 침을 놓는다.

하나씩. 모든 기혈을 새롭게 뚫고 회복시킨다.

하지만 그럴수록 더욱더 슬픈 현실이 나를 괴롭혔다.

'상태가 너무 심각하다.'

설령 기적처럼 다시 살아난다고 하더라도 반 불구로 살아야 할 것이다.

무공은커녕 격한 운동도 할 수 없을 것이며, 매일을 고통 속에 시달리다 10년도 못 살고 죽을 것이 뻔했다.

과연 내 욕심으로 지율이를 살리는 것이 맞을까? 죽는 것보다 더 고통스러운 삶을 살라고 강요해야 할까?

생각이 많아지자 침을 놓던 손에 주저함이 깃들기 시작했다.

'나는……'

도대체 어떻게 해야 하는가?

그렇게 비참한 현실에 머리가 아파 올 때.

"그리 걱정할 거 없다."

누군가가 내 어깨에 손을 올렸다.

돌아본 그곳에는 상혁이의 어머니, 유연이 미소를 짓고 있었다.

"목령인들의 실책은 우리가 보상해 줄 테니까."

그 순간, 내 머릿속에 지율이를 치료할 수 있는 유일한 방법이 생각났다.

◆ ◈ ◆

굳게 감겨 있던 주지율의 눈꺼풀이 서서히 벌어지기 시작했다.

이내 평소처럼 눈을 떴을 때 찾아온 감정은 황당함이었다.

'이게 대체……'

거친 숨을 몰아쉬며 고민해 보지만, 그럴수록 당혹감은 더욱 짙어질 뿐이었다.

다시 눈을 떴을 때는 엄청난 고통이 밀려올 것으로 생각했다.

그런데 어떠한 통증도 느껴지지 않는다. 오히려 전보다 개운하기만 하다.

예상 밖의 상쾌함에 당황하는 것도 잠시 주지율은 마음을 다잡고 상황을 파악했다.

'죽은 건가?'

고통은 신체에서 비롯되는 것.

육신을 잃어 저승에 왔으니 이리도 편안한 것일까?

'아니다. 그럴 리가 없다.'

사후 세계가 어떠한지는 전혀 알지 못했다.

그러나 자신이 생을 다해 저승에 온 상태가 아님은 확신할
수 있었다.

아무리 혼백만 남았다 한들, 지금과 같은 포근함을 느낄 리
없을 테니 말이다.

그제야 주지율은 주변을 둘러보았다.

'……'

얼마 지나지 않아, 이질적인 감각의 원인을 알아챌 수 있었다.

푹신하게 자신의 몸을 품고 있는 침대.

그 곁을 가득 메운, 너무나도 익숙한 가구들.

'내가 어떻게 여길……'

유연의 저택.

그것도 자신이 머물렀던 바로 그 방이었다.

'대체 무슨 일이 벌어진 거냐.'

그때였다.

방문이 열리며 한 남자가 들어왔다.

광명대의 막내.

정이준이었다.

"……!"

정이준은 주지율이 깨어난 것을 보고는 놀란 얼굴로 서 있었다.

그리고는 간드러진 목소리로 달려들었다.

"선배니이이이이임!"

정이준은 호들갑을 떨며 달려와 주지율의 품에 얼굴을 파묻었다.

"깨어나셔서 정말 다행입니다! 정말 선배님이 죽는 줄 알고……!"

주지율은 눈물범벅이 된 정이준을 밀어내며 말했다.

"알았으니까 떨어져. 징그럽다."

"흐윽, 선배님."

가까스로 정이준을 떨쳐 낸 주지율은 가장 궁금하던 것을 물었다.

"양천에 갔을 네가 왜 여기 있는 거냐? 아니, 그보다 어떻게 내가 살아 있는 거지?"

분명 죽었다 생각해도 무리가 없는 상황이었으니 말이다.

그런데 이렇게 숨을 쉬고 있다는 것은 분명 어떠한 곡절이 있을 수밖에 없었다.

"그건 서하 대장님이……."

"서하?"

주지율은 미간을 찌푸렸다.

'서하가 날 살린 건가?'

눈을 감기 전. 옆에서 소리를 치던 서하의 얼굴이 떠올랐다.

서하라면 그럴 수도 있다. 약선님의 제자로 왕국에서 손꼽히는 의술 실력을 가지고 있었으니까.

'그렇다면 생사침술로…….'

하지만 이내 주지율은 고개를 내저었다.

'아니야, 아무리 서하라도 이렇게 완벽하게 고칠 수는 없어.'

자신의 몸 상태는 스스로가 더 잘 알고 있었다.

양기 폭주로 장기는 익어 버렸고, 기혈은 눌어붙었으며, 단전은 파괴되었다.

기적적으로 살아남았다 하더라도 지금처럼 편안하지는 않을 터.

그렇게 생각한 주지율은 옆에 있는 정이준에게로 시선을 돌렸다.

'대체 정신을 잃은 사이에 무슨 일이 벌어진 것일까?'

다 타 버린 초나 다름없던 자신이 버젓이, 전보다 더 활기 넘치는 상태로 눈을 떴다.

그리고 양천으로 향했을 정이준이 눈앞에 있다.

그 순간 주지율은 자신이 어떻게 회복했는지를 깨달았다.

'생원과……!'

약선님에게 사용했어야 했을 그 생원과를 자신에게 쓴 것이란 말인가?

그렇게 생각한 주지율은 정이준을 노려보며 말했다.

"설마 나한테 생원과를 쓴 거야?"

"아, 그게…… 그건 맞는데요……."

"왜?"

"네?"

주지율은 정이준을 멱살을 잡아끈 뒤 낮은 목소리로 말했다.

"내가 분명 그걸 가지고 양천까지 가라고 하지 않았나? 그런데 왜 돌아왔지? 왜 돌아와서 그걸 나한테 쓰게 했냔 말이다!"

"아니, 선배. 그게 아니라……."

정이준이 뭐라 답하려는 그때, 전혀 다른 곳에서 답변이 들려왔다.

"걱정하지 마. 약선님한테 드릴 걸 사용한 건 아니니까."

두 사람의 시선이 방 안으로 들어오는 한 남자에게로 향했다.

이서하였다.

주지율은 그제야 정이준의 멱살을 틀어쥔 손에서 힘을 풀었다.

"그게 무슨……."

그러자 정이준은 억울하다는 듯 옷매무새를 정리하며 말했다.

"목령인들이 생원과를 하나 더 주었습니다."

"하나 더? 분명 생원과는 목령인들에게 있어 엄청나게 소중한 것일 텐데……."

251

믿기 힘들었다.

생원과는 목령인들에게 있어 가장 소중한 보물이 아니던가.

약선님에게 가야 할 생원과를 자신에게 주고 거짓말을 하는 게 아니라면, 이 또한 가볍게 넘길 문제가 아니었다.

새로운 생원과를 얻기 위해 무언가를 희생했을 테니까 말이다.

그렇게 생각한 주지율이 걱정스럽게 바라보자 이서하가 고개를 끄덕였다.

"맞아. 소중한 것이지. 그 무엇과도 바꾸기 힘들 정도로."

지율의 옆으로 와 앉은 서하는 굳은 표정으로 그를 바라보았다.

"하지만 이번 사태는 전적으로 대장군이 벌인 일. 명백한 목령인들의 잘못이지. 만약 네가 죽으면 모든 지원은 없던 일로 하겠다고 했어."

그 말에 지율은 하얗게 질렸다.

"그랬다가 거래가 깨지기라도 하면……."

"상관없어."

서하는 굳은 얼굴로 말을 이어 갔다.

"상대의 실수로 내 동료가 죽게 생겼는데, 그걸 그냥 넘어간다면 한 부대의 대장이라고 할 수 없지."

그 말에 주지율은 고개를 숙였다.

"……미안."

"미안할 거 없어. 큰 문제 없이 거래가 이루어졌으니까. 오히려 네가 미안해야 할 건 따로 있지."

서하는 단호하게 말했다.

"이미 극양신공을 익혔으니 사용하지 말라고 해도 듣지 않겠지. 그러니 이것 하나만은 명심해. 다시는 극양신공을 그런 식으로 사용하지 마. 만약 어느 정도로 사용하고도 못 이길 상대라면, 그때는 동귀어진 따윈 생각 말고 무조건 도망쳐."

"하지만……."

"이건 명령이야."

명령이라는 말에 주지율은 잠시 망설이다 고개를 끄덕였다.

"그래, 알았어."

군인에게 있어 대장의 명령은 절대적.

평생 충성할 대상을 이서하로 정한 주지율에게 있어서는 신의 의지나 다름없었다.

그렇게 주지율에게 원했던 답을 들었는지 이서하는 바로 몸을 일으켰다.

"그럼 쉬어라."

"응."

짧은 한마디를 남기고 방을 나서던 이서하가 발을 멈추며 주지율을 돌아봤다.

"그리고 고맙다."

"……어?"

"덕분에 생원과도 지키며 이준이랑 김채아 선인도 살 수 있었어."

정이준은 주지율이 걱정되어 다시 돌아왔으나 김채아 선 인은 생원과를 들고 양천으로 향했다.

약선님 또한 위독한 상황이었기 때문이다.

그녀가 별일 없이 도착했다면, 약선님도 곧 자리를 털고 일 어날 것이다.

그 모든 것은 전부 주지율이 희생한 덕분이었다.

이서하는 멍하니 앉은 주지율을 향해 고개를 숙이며 말했다.

"너한테는 큰 빚을 졌다."

그리고는 미소와 함께 방을 나섰다.

주지율은 그런 이서하의 등을 가만히 바라보았다.

고맙다는 말.

저 말을 한 번은 듣고 싶었다.

"빚을 진 게 아니라 내가 갚은 거지……."

그리고 앞으로 갚아야 할 빚 또한 아주 많이 남아 있었다.

◆ ◈ ◆

장로 회의실. 나는 심각한 얼굴의 집정관과 옅은 미소를 머금은 제사장을 올려보았다.

호현에 도착해 처음 방문했던 이곳.

그곳에서 나는 마지막 회의를 시작했다.

"생원과를 선뜻 내어 주셔서 감사합니다."

그러자 제사장님이 따뜻하게 말을 건네 왔다.

"동료분의 용태는 어떻습니까?"

"덕분에 많이 회복했습니다."

어떤 상태든 이상적인 몸 상태로 되돌리는 기적의 영약.

생원과는 그 전설 그대로 지율이의 몸 상태를 아주 이상적으로 바꾸어 주었다.

단순한 치료에 그치지 않고 그 이상의 결과를 만들어 냈다는 말이었다.

나는 집정관을 돌아보며 말했다.

"불미스러운 일이 있었지만 생원과를 하나 더 내어 준 목령인 분들의 호의를 봐 모든 약속은 그대로 이행하도록 하겠습니다."

"고맙네. 이쪽도 최대한 빨리 뛰어난 무사들을 파견하도록 하지."

"그 전에 말입니다만……."

나는 비어 있는 자리를 바라봤다.

"나찰은 십중팔구 여러분을 적으로 간주할 것입니다."

인간과 동맹을 맺었으며, 나찰과 손을 잡은 대장군까지 죽었다.

물론 그들이 정말 협력 관계였는지는 조사해 봐야 알겠지만, 그럴 가능성이 다분하다는 건 부정할 수 없었다.

그게 아니고서는 시기적절하게 치고 들어온 상황을 설명할 수 없을 테니 말이다.

"게다가 대장군의 반란으로 호현의 전력은 위험할 정도로 떨어졌습니다."

대장군이 일으킨 내란이 실패로 돌아가고 이에 동참했던 이들은 죽었거나 옥에 갇혔다.

거기다 내란에 참여하지 않았지만 속으론 같은 뜻을 품었던 이들까지 사직서를 제출하며 하루아침에 군 요직이 전부 비어 버리는 사태가 발생했다.

"그러니 한시라도 빨리 새로운 대장군을 뽑아 군을 안정시켜야 할 겁니다."

대장군은 군사 관련 사안의 최종 결정권자였다.

그런 대장군이 공석이라면 앞으로 있을 모든 군사적 행동에 차질이 생길 수밖에 없다.

"정론이군. 하지만 마땅한 인물이 없는 것도……."

"있습니다."

이제야 본론에 들어간다.

나는 망설임 없이 말했다.

"유연 정찰대장을 대장군으로 세우는 것이 어떻습니까?"

궁신 유연.

기본적인 무력은 물론 냉철한 판단력부터 전장을 넓게 보는 시야, 그리고 모든 상황을 이해하고 예측하는 통찰력까지.

그녀를 대장군으로 세우는 것이 현재 목령인들에게 있어 최고의 선택이었다.

물론 이는 나에게 있어서도 최고의 선택이라고 할 수 있다.

상혁이가 아들임을 안 뒤로 유연 씨는 나를 거의 친아들처럼 대해 주었다.

그녀는 이제 친(親)인간파를 넘어서 인간이나 다름없었다.

그런 그녀가 대장군이 된다면 인간과 목령인의 동맹은 더욱 견고해질 것이었다.

그러나 집정관은 걱정이 많은 얼굴로 한숨을 내쉬었다.

"그 생각을 안 해 본 건 아니나, 반대 여론이 만만치 않을 것이네."

기존 대장군 일파에게 있어 유연은 철천지원수나 다름없었다. 인간과의 동맹을 위해 대장군을 배신한 것은 물론, 대장군을 직접 벤 것이 그녀의 아들이니 말이다.

하지만 나는 바로 반론을 제기했다.

"상관없지 않습니까?"

"상관이 없다고?"

"네, 이미 반(反)인간파는 옥에 갇히거나 사직을 한 상태입니다. 여기서 괜히 저들의 마음을 돌려 보려 하다가는 풍백 대장군 때의 사태를 반복하게 될 수 있습니다."

때로는 어설픈 타협보다는 포기할 건 확실하게 포기하고 가는 것이 좋다.

"그런 의미로 군 또한 친(親)인간파로 새로 만들 필요가 있지 않겠습니까?"

"흐음······."

집정관은 고개를 끄덕였다.

"일리 있는 말이군. 제사장님께선 어떻게 생각하십니까?"

"제 의견보다는 먼저 유연 정찰대장님의 말을 들어 봐야 하지 않겠습니까?"

그때였다.

"제 의견이라면 물으실 것도 없습니다."

유연이 기다렸다는 듯 두 제자, 그리고 상혁이와 함께 회의장 안으로 들어왔다.

아니, 사실은 기다리고 있던 것이 맞다.

애초에 난 유연을 대장군으로 추천하기 위해 이 회의에 참석한 것이었으니 말이다.

그녀에겐 이야기가 어느 정도 진행되면 들어와 달라 부탁했고, 그녀는 아주 완벽한 시점에 등장해 주었다.

위풍당당하게 회의장 가운데로 온 그녀는 주저 없이 말했다.

"저 자리는 제가 언제나 원하던 자리였으니까요."

제사장은 빙긋 미소를 지었다.

"그럼 결정 난 것 같군요."

제사장님은 유연이 대장군이 되기를 원하는 눈치였다.

하지만 그와 달리 우사는 고민이 많은 듯 입맛을 다셨다.

유연이 대장군에 오름으로써 생기게 될 문제를 걱정하고 있겠지.

그렇게 걱정이 한가득하던 집정관이 이내 입을 열었다.

"……기존의 무사들을 배척하지 않고 잘 품을 수 있겠나?"

"걱정하실 거 없습니다."

유연은 전의를 불태웠다.

"무사는 강자에게 복종하는 법이니까요."

대장군이 사라진 지금.

이 호헌에 유연, 그리고 상혁이보다 강한 자는 없었다.

집정관은 마지못해 고개를 끄덕였다.

"기대해 보겠네. 유연 정찰…… 아니, 유연 대장군."

"기대에 부응하죠. 그리고……."

유연은 나를 힐끗 보고는 미소 지으며 말했다.

"네가 필요로 할 때 우리가 곁으로 가마. 서하야."

그리고는 몸을 돌려 밖으로 나갔다.

상혁이는 고개를 끄덕였고 민주와 여울 역시 손을 흔들며 인사하고는 그 뒤를 따랐다.

자신만만한 뒷모습. 그것만으로도 유연이 별 문제 없이 군을 통합할 수 있을 것이라는 확신이 들었다.

게다가…….

'필요할 때 곁으로 온다라…….'

유연의 말은 이제 무게가 다르다.

최고 사령관의 말이었으니까.

그리고 최고 사령관에게 있어 '우리'는 군대를 뜻한다.

즉, 목령인들 또한 본격적으로 나찰과의 전쟁에 합류하겠다는 것이었다.

지금이야 전(前)대장군 풍백을 따르던 무사들을 복속시키고 군을 개편하는 데 집중해야 할 것이다.

하지만 모든 준비를 끝내는 그 순간.

고작 다섯이 아닌 목령인의 군대가 인간과 어깨를 나란히할 것이었다.

'할 수 있다.'

이번 전쟁은 회귀 전과는 완전히 다를 것이다.

◆ ◈ ◆

북대우림. 나찰들의 마을.

정해우는 왕국 지도를 펼쳐 놓고 바라보았다. 그곳에는 수도 없이 많은 빗금과 동그라미가 그려져 있었다.

이윽고 정해우는 심각한 얼굴로 남쪽 아미숲에 빗금을 치며 미간을 찌푸렸다.

'또 같은 결과인가······.'

호현과 아미숲에서의 결과는 로에게 미리 들어 알 수 있었다.

역시나 이번에도 이서하가 이겼다.

엡실론과 시그마. 나름 큰 전력을 배치한 것치고는 뼈아픈 패배였다.

'산족의 전력은 무시할 수 없다.'

그렇기에 단순히 동맹을 막는 데 그치지 않고 역으로 포섭해 전략적 우위를 점하려 했다.

하지만 예상했던 것과는 정반대의 상황이 벌어졌다.

반(反)인간파였던 풍백 대장군이 죽었고, 궁신의 경지에 오른 친(親)인간파 유연이 그 빈자리를 꿰찼다.

광명대의 한상혁 역시 산족의 힘을 개방하며 풍백 이상 가는 고수가 되어 버렸다.

기존의 전력 분석을 완전히 뒤엎어야 한다는 말이나 다름없었다.

'완전히 새로 짜야겠군.'

정해우가 그렇게 한숨을 내쉴 때였다.

"안에 있는가?"

로가 안으로 들어오며 정해우를 찾았다.

"무슨 일이십니까?"

"엡실론과 시그마가 복귀했네."

"그렇습니까?"

선생은 고개를 끄덕인 뒤 말했다.

"그럼 모두를 회의실에 모아 주시겠습니까? 저도 정리를 마치고 바로 가겠습니다."

"알겠네."

로가 밖으로 나가고 정해우는 차분히 심호흡하며 왕국 지도에 시선을 고정했다.

'생각해 보자.'

승리가 보장된 판은 더 이상 존재하지 않는다. 어느 정도의 위험을 감수하지 않으면 그 어떤 일도 진행할 수 없으리라.

'무엇보다……'

이서하.

그에 대한 평가부터 새롭게 내려야 한다.

생각을 마친 정해우는 벗어 놓았던 도포를 걸치곤 회의실로 향했다.

통나무로 만들어진 오두막 안에는 로, 엡실론, 시그마는 물론 람다, 백야차와 샨다까지 함께였다.

제국에 있는 알파와 베타를 제외한 모든 주요 전력이 한자리에 모인 것이었다.

정해우는 상석에 앉으며 입을 열었다.

"요청에 응해 주셔서 감사합니다. 이렇게 여러분을 모은 이유는 다음 단계를 이행하기 전 지금까지의 상황을 돌아보기 위해서입니다. 그럼 먼저 실패한 임무를 분석해 보도록 하죠."

말을 멈춘 정해우가 슬쩍 시선을 주었으나, 엡실론은 불편한 얼굴로 눈을 감았다.

"엡실론 님. 답변을 부탁드립니다."

그러나 시선에 그치지 않고 콕 집어 거론하니 그 이상 회피할 수 없었기에 엡실론이 입술을 씰룩거리며 말했다.

"로 영감에게 들어 이미 다 알고 있지 않소?"

"아뇨. 다 알고 있지 않습니다."

로의 부유령을 이용한다 하더라도 모든 것을 바라볼 순 없었다.

더군다나 엡실론이 창조한 공간은 또 다른 세계라 해도 무방한 영역.

아무리 로의 요술이 대단하다 해도 그 안까지 살펴보는 건 불가능했다.

정해우는 작게 한숨을 내쉰 뒤 말했다.

"도대체 당신의 세계 안에서 무슨 일이 있었던 건지, 어떻게 이서하에게 당한 것인지를 이야기해 주실 수 있겠습니까?"

"크흠."

엡실론은 창피한 듯 잠시 망설이다 이내 다른 누군가를 탓하듯 입을 열었다.

"우리 정보가 샜소! 상대가 내 요술의 약점을 알고 있었소이다. 이건 우리 안의 누군가가 정보를 흘리지 않고서는 불가능할 일이 아니오!"

그러자 손톱을 관리하던 람다가 불쾌한 얼굴로 말했다.

"이 늙은이가 나이를 먹더니 정신까지 오락가락하는 거야? 그럼 여기 누군가가 인간 편을 들기라도 했단 소리야 뭐야?"

노골적인 살기에 엡실론은 목을 가다듬으며 말했다.

"크흠, 그게 아니라. 입을 잘못 놀려 정보가 샜을 수도 있는 것 아니오? 단순 실수로."

그럴듯한 가설이었으나 정해우는 고개를 절레절레 흔들며 강하게 부정했다.

"그럴 일은 없습니다."

"어떻게 확신하오? 아무리 로 영감이라도 모두를 감시할 수는 없을 터인데."

그러자 정해우가 엡실론을 한심하게 바라보며 말했다.

"이 자리에 당신의 약점을 아는 사람은 없습니다."

"……."

엡실론이 당황한 얼굴로 멍하니 선생을 바라보았다.

자신이 말해 놓고도 말이 되지 않는 소리였다.

정해우의 말대로, 같은 위대한 일곱 혈족 중에도 자신의 약점을 아는 자는 존재하지 않았으니 말이다.

뒤이어 람다의 핀잔이 날아들었다.

"그러니까 말이야. 지 요술에 대해서는 자랑밖에 안 했잖아. 뭐 자기 세계 안에서는 알파도 상대가 안 된다나 뭐라나."

람다는 실컷 허세를 부리며 호언장담하던 엡실론의 모습을 떠올리곤 조소를 머금었다.

"그런데 뭐? 뿔까지 부러져서 돌아와? 나 같으면 쪽팔려서 자살했어."

뿔을 언급하자 엡실론의 얼굴이 붉게 상기되었다.

나찰에게 있어 뿔은 자존심과 같다. 위대한 일곱 혈족이나 되어 뿔에 상처가 났다는 것은 참을 수 없을 만큼 치욕적인 일이었다.

"왜? 그렇게 쳐다보면 뭐 어쩔 건데?"

"이, 이, 이……!"

계속되는 도발에 엡실론이 흥분해 뒤로 넘어가기 직전.

"그만하시죠. 람다 님."

정해우가 두 사람 사이에 끼어들며 중재에 나섰다.

여기서 더 나가면 무력 충돌로 번질 수밖에 없었기에, 그 전에 상황을 정리할 필요가 있었던 것이다.

그렇게 소란이 일단락되며 람다는 다시 뾰로통하게 손톱 관리에 집중했지만, 엡실론은 여전히 분이 풀리지 않은 표정 이었다.

그런 그에게 정해우가 다시금 물음을 던졌다.

"엡실론 님께 한 가지만 더 묻겠습니다. 혹시 누군가에게 약점을 누설하거나 들킨 적이 있으십니까?"

"없소."

확언한 것과 달리 엡실론은 곧바로 고개를 갸웃거렸다.

"아니지. 내가 살려 둔 인간 놈들 중에 내 약점을 간파한 놈이 있을 수도 있긴 하오. 이서하 그놈이 소문을 통해 내 이름을 들 었다고 했으니 그놈들에게 들었을 가능성도 배제할 순 없겠군."

하지만 정해우는 이마저도 고개를 흔들며 동의하지 않았다.

"그 말도 아마 거짓일 겁니다. 엡실론 님은 긴 세월 동안 제국의 북부에서 활동하지 않으셨습니까?"

"그렇소."

그렇기에 엡실론이 가장 늦게 합류한 것이었다.

"그들이 이서하와 만나 약점을 공유하는 것이 가능했으리라 생각하십니까?"

물리적으로만 봐도 매우 먼 거리였다.

고작 제국 남부만 겉핥기식으로 다녀온 이서하가 북부 사람을 만날 확률은 매우 적었다.

"혹 만남이 이루어졌다 해도, 그 이후의 전제들까지 가능할 수 있겠습니까?"

이서하가 만난 북부 사람이 창조된 세계에서 살아남은 자일 확률.

그리고 그 인간이 엡실론의 약점을 찾아냈을 확률.

이 모두 상황들이 동시에 벌어질 확률은 계산한다면 한없이 0에 수렴하게 될 것이다.

정해우의 뜻을 알아들은 엡실론은 고개를 끄덕이고는 의문에 빠졌다.

"그럼 그놈은 어떻게 내 약점을 알아차린 거지?"

다른 나찰들 또한 의아해하는 눈치였다.

이에 정해우는 한숨을 내쉬었다.

그간 머릿속에 맴돌았지만 너무나도 말이 안 돼 애써 부정해 왔던 가설이 떠올랐다.

"……저에게 가설이 하나 있습니다만. 들어 보시겠습니까?"

"한번 말해 보시오."

회의장 내 나찰들을 천천히 훑어본 정해우는 조용히 하나의 이야기를 꺼내 들기 시작했다.

"예전 신유민 왕자와 함께 이서하에 대한 대화를 나눈 적이 있습니다. 당시 신유민은 이서하가 대단한 통찰력을 가져 마치 미래를 보는 거 같다고 말했습니다."

그리고 그것을 미래시(未來視)라고 불렀다.

"저 또한 그에게 그런 능력이 있다고 생각했습니다."

그것이 인간의 한계를 벗어난 통찰력인지, 나찰의 요술과 같은 초능력인지는 알 수 없었지만 말이다.

그러나 지금은 생각이 바뀌었다.

"하지만 제 생각이 짧았습니다."

오미크론.

숨은 황자.

그리고 엡실론의 요술까지.

이서하는 단순히 미래를 보는 것이 아니었다.

"……이서하는 모든 정보를 알고 있는 겁니다."

그러자 나찰들의 표정이 전부 굳었다.

하지만 누구도 반론을 제기하지 않았다.

요령, 양천, 그리고 호현에 이르기까지.

그간 보여 온 이서하의 모습을 떠올린다면, 쉽게 부정할 수 없는 발언이었기 때문이다.

그렇게 회의장의 분위기가 가라앉으며 무거운 침묵이 이어질 찰나.

여태껏 묵묵히 듣고만 있던 로가 입을 열었다.

"요술과 같은 것인가?"

"아닙니다."

처음에는 정해우 또한 신유민의 말처럼 이서하에게 요술과 같은 초능력이 있다고 생각했었다.

그것이 가장 쉬운 추측이었으니까.

예를 들면 전지(全知)의 능력.

만년하수오를 사 간 것부터 엡실론의 약점을 알아차린 것까지.

이서하가 전지의 능력을 가지고 있다고 가정한다면, 그 모든 행위들이 이해되었다.

하지만 이내 모순점을 발견했다.

이서하는 큰 그림은 완벽하게 보지만 작은 부분까지는 세밀하지 못했다.

전지(全知)의 능력을 갖추었다 하기에는 정확도가 너무나도 떨어졌다.

'요술 같은 능력이었다면 그런 모습을 보일 리 없지.'

그렇게 요술의 가능성을 부정한 정해우는 하나씩 가설을
세우고 지워 나가기를 반복했다.

그러던 중 우연히 책 한 권을 보게 되었고 기존과는 완전히
다른 가설을 세웠다.

물론 당사자조차 반신반의했다.

너무나도 터무니없는 가설이었으니까.

하지만 이제 그 의심은 확신이 되었다.

"이서하는 회귀자입니다."

이번이 그의 두 번째 인생이라고 말이다.

그 순간 엡실론이 헛웃음을 터트렸다.

"하! 그런 말도 안 되는 소리가 나오시오?"

"그건 나도 동감. 선생, 상상력이 너무 지나친 거 아니야?"

람다 역시 한마디를 거들었다.

그러나 정해우는 작은 목소리로 말했다.

"지금까지 상상력이 너무 부족했던 것일지도 모르죠."

처음 회귀에 관한 책을 보았을 때는 허무맹랑한 소리라고
생각했다.

그러나 지금까지 이서하가 보인 행동을 설명하기에는 회
귀만큼 적합한 것이 없었다.

'자신이 직접 경험한 일은 자세하게 안다. 하지만 그렇지
못한 사건들은 큰 윤곽만 아는 것이지.'

그렇게 생각하니, 하나의 궁금증이 밀려들었다.

만약 이서하가 회귀자라면, 그가 살았던 이전 세계는 어떤 세계였을까?

나찰이 승리하는 세계였을까? 아니면 인간이 승리하는 세계였을까?

이서하에게 직접 듣지 않는 이상 죽는 순간까지 풀지 못할 난제일 것이다.

그러나 이 순간 한 가지만은 확실하게 말할 수 있었다.

"최악을 상정해 나쁠 건 없습니다. 이서하는 회귀자. 그런 전제하에 작전을 구상하고 움직일 것입니다."

그러자 시그마가 입을 열었다.

"전제로 삼는다고 해서 달라지는 게 있나? 어차피 이제 남은 건 전면전뿐인 거 같은데."

"그렇습니다."

정해우는 인정하면서도 말을 이었다.

"……그러니 그에 맞는 준비를 해야겠지요."

"준비? 무슨 준비를 한다는……."

시그마가 의문을 표할 때 정해우가 백야차를 돌아봤다.

"백야차 님. 준비되셨습니까?"

정해우의 말에 백야차는 고개를 끄덕이며 탁자 밑에서 자루 두 개를 꺼냈다.

거대한 자루 하나. 그리고 상대적으로 작은 자루가 하나였다.

딱 봐도 피로 물든 자루를 본 시그마가 인상을 찌푸렸다.

"이게 뭔가?"

대답은 람다가 했다.

"보면 알아."

이윽고 백야차가 큰 자루 안에서 무언가를 꺼냈다.

붉은 장기가 마치 살아 있는 것처럼 뛰고 있다. 그것을 본 시그마가 마른침을 삼켰다.

"그건……."

"마물의 심장입니다."

백야차는 보란 듯 작은 심장을 입에 넣은 뒤 씹었다. 모두의 침묵 속에서 심장을 삼킨 백야차는 작게 심호흡하며 기운을 폭발시켰다.

"이 자루에 있는 것은 모두 개화(開化) 등급의 마물의 심장입니다. 부담 없이 드실 수 있으실 겁니다. 그리고 이 옆에 있는 작은 자루는 겁화(劫化) 등급입니다."

시그마는 미간을 좁히며 작은 자루를 살폈다.

겁화(劫化) 등급.

비교적 흔하디흔한 개화(開化)와 달리 겁화(劫化) 등급은 그 수가 매우 적었으며 그 강함 또한 비교할 것이 못 되었다.

대표적으로 적오가 겁화 등급의 마물이었으며 그 강함은 화경의 고수, 그 이상.

그런 마물의 심장이 족히 10개가 넘게 들어 있으니 의아할 수밖에 없는 노릇이었다.

"겁화 등급의 마물을 이렇게 많이 잡았다고? 그것도 그 짧은 시간 만에?"

아무리 백야차가 실력 좋은 나찰이라도 얼마 되지 않는 사이에 이만큼의 겁화 등급 마물을 처리할 수는 없을 터였다.

시그마의 물음에 백야차는 대수롭지 않은 일이었다는 듯 고개를 끄덕였다.

"람다 님의 도움이 있었습니다."

"응, 내가 힘을 조금 나눠 줬어."

람다가 자랑스럽게 미소를 지었다.

"나 나찰한테도 힘 줄 수 있거든."

"······그 대신 너를 섬겨야 하지 않나?"

"나찰은 안 그래도 돼. 그러니까······."

람다는 작은 자루에서 심장 하나를 꺼냈다.

"나한테 감사하며 먹으라고."

그렇게 모든 나찰이 만족스러운 미소를 지을 때 정해우가 입을 열었다.

"드시죠. 힘을 비축해야 합니다. 이제 곧 큰 싸움이 시작될 테니까요."

"큰 싸움이라면 무슨 싸움을 말하는 것이오?"

엡실론의 물음에 정해우는 의미심장하게 말했다.

"무신(武神)을 죽일 생각입니다."

첫 전면전을 시작할 때가 되었다.

Chapter 115.

모든 일이 잘 풀렸다.

기존에 목표했던 생원과는 물론 궁신을 비롯해 강한 동맹까지 얻을 수 있었다.

하지만 이것들에 만족해선 안 됐다.

아직 모든 것이 끝난 게 아니었으니까.

내가 호현으로 간 궁극적인 목표는 약선님을 살리기 위함.

스승님의 생사가 불명확한 현재로서는 모든 목표를 달성했다고 볼 수 없었다.

'중간에 무슨 일이 생기진 않았겠지?'

김채아 선인이 생원과와 함께 무사히 양천에 도착했는지

275

아닌지를 알 수 없었다.

'육도각'이라 불리는 그녀를 못 믿는 것은 아니나 만일의 경우를 배제할 수는 없었기 때문이다.

또 다른 나찰이 습격을 했을 수도 있으니 말이다.

'만일 그런 일이 벌어졌다면……'

아니, 절대로 그래서는 안 된다.

어찌 됐든 지금 내가 할 수 있는 하나뿐이었다.

한시라도 빨리 양천으로 돌아가 상황을 확인하는 것이다.

그렇게 도착한 양천.

나는 바로 입구를 지키는 무사에게 물었다.

"김채아 선인은 도착했나?"

"김채아 선인이라면……, 아! 네. 도착했습니다."

됐다. 항상 일이 꼬이더니 이번에는 잘 풀리는 것만 같았다. 그렇게 속으로 쾌재를 부를 때 옆에서 아린이가 미소를 지었다.

"서하야, 별일 없나 봐."

아린이 역시 약선님을 친할아버지처럼 따랐었다. 내색은 하지 않았지만 걱정이 많았겠지.

뒤이어 들려온 한숨에 고개를 돌리니, 이준이가 한시름 놓은 얼굴을 하고 있었다.

원래라면 생원과를 양천까지 옮기는 것은 그의 임무. 이를 막내에게 넘겼으니 그에 따라 발생할 상황에 대해 책임감을 느끼고 있었던 것이다.

"그래, 다행이야."

그렇게 나는 희망을 품고 양천 안으로 들어갔다.

그러나 약선님의 부활에 축제를 벌이고 있을 것이라 생각했던 도시는 내 생각과 완전 딴판이었다.

"……대장님, 이거 어떻게 받아들여야 돼요?"

"나라고 알겠냐?"

여전히 폐허인 도시.

그 짧은 시간 만에 폐허로 변한 양천을 이전의 모습으로 되돌리는 건 기대조차 하지 않았다.

나찰의 기습으로 발생한 피해가 극심하다 보니 회복에 심혈을 기울인다 한들 한계가 있었기 때문이다.

셀 수 없이 많은 부상자에 비해 의원의 수는 기존의 2할 정도로 줄어 버렸으니 오랜 시기가 걸릴 것은 당연했다.

'아무리 그래도 이건 아니지 않나?'

의원들이 쉴 틈 없이 뛰어다녀야 할 만큼 손 하나가 아쉬운 판국이다.

그런 상황에 무려 무려 약선님이 죽다 살아났으면 잔치까진 아니더라도 조금은 밝아졌어야 하는 거 아닌가?

절망에 빠져 있을 때일수록 작은 희망에 더욱 크게 기뻐하는 법이니 말이다.

그런데 황급히 발을 놀리는 의원들의 굳은 얼굴은 좀체 펴질 생각을 보이지 않았다.

눈으로 확인한 상황에 의아함을 가질 찰나, 안 좋은 예감이 내 머리를 스치고 지나갔다.

'설마…… 너무 늦은 건가?'

지금까지 김채아 선인이 무사히 양천에 도착했느냐만 신경 썼지만 이건 부차적인 요소에 지나지 않았다.

중요한 전제 조건은 따로 있었으니까.

아무리 김채아 선인이 생원과를 가지고 도착했다 하더라도 약선님이 살아 계시지 않다면 의미가 없다.

이미 죽어 버린 자를 되살린다는 효능은 들어 본 적이 없으니 말이다.

나는 즉시 약선님을 뉘어 놓았던 관청으로 달려 나갔다.

"어? 서하야!"

"대장님! 같이 가요!"

아닐 것이다.

생원과까지 얻어 냈는데. 풍백의 방해도, 나찰들의 습격도 어떻게든 이겨 내며 여기까지 왔는데 이럴 수는 없었다.

그러나 달려가는 와중에도 불길한 생각은 계속해서 나를 괴롭혔다.

실패라는 두 단어가 너무나도 무겁게 나를 짓누른다.

그렇게 관청 문을 여는 순간.

김채아 선인이 나를 발견하고는 말했다.

"어? 대장!"

"김채아 씨."

그녀 주변으로 의원들이 바쁘게 움직이고 있다. 그러나 그 사이에 약선님은 보이지 않는다.

"그게……."

혹시나 내 불길한 예감이 맞을까 두려워 입이 쉽게 떨어지지 않는다. 그러나 망설여 봤자 결과는 바뀌지 않는다. 그것이 좋은 결과든 나쁜 결과든 말이다.

나는 목구멍에 막힌 질문을 힘겹게 꺼내 던졌다.

"……약선님은 어디 있나?"

"아, 그게 말입니다."

김채아 선인은 난감한 얼굴로 관청을 돌아봤다.

순간 심장이 내려앉는다.

정말로 최악의 상황이 벌어진 것일까?

"직접 보시는 게 더 좋을 거 같네요."

"……그러지."

나는 묵묵히 김채아 선인의 옆을 걸어갔다.

그러면서 관청 내 의원들의 표정을 살폈다.

쉬고 있는 이들은 한숨을 내쉬며 곰방대를 입에 물었고, 누군가는 대화를 나누다 고개를 흔들었다.

모든 행동이 나쁜 예감이 맞아떨어진다는 것으로 이어지고 있었다. 불안감이 나를 집어삼킨다.

그렇게 약선님이 있을 방에 도착하자 김채아 선인이 옆으로 물러났다.

"이 안에 계십니다."

나는 천천히 손잡이를 잡았다.

'결과가 나쁘면 어떡하지?'라는 생각에 호흡이 가빠져 오고 심장이 두근거린다.

그렇게 한참 손잡이만 잡고 문을 열지 못하자 아린이가 내 손을 잡아 주었다.

"괜찮아, 서하야. 다 잘됐을 거야. 넌 최선을 다했잖아."

그래, 이보다 더 잘할 수는 없었다.

진인사대천명. 이제 모든 일은 하늘에 맡길 뿐이었다.

나는 심호흡을 하며 진정을 되찾은 후 방문을 열었다.

이윽고…….

"무슨 일이냐?"

그토록 간절히 바라고 바랐던 상황이 눈앞에 펼쳐졌다.

"……스승님."

"아, 서하구나. 이제 온 것이냐? 늦었구나."

안도감과 함께 속에서 무언가 벅차 올라왔다.

살아 계신다.

그것도 아주 정정하게. 나의 모든 노력은 헛되지 않았다.

"……모, 몸은."

내가 왜 이러는지 모르겠다.

기뻐해야 마땅할 상황인데도 손이 떨리고 말조차 잘 나오지 않는다. 정작 양천에 올 때까지는 담담했는데 말이다.

그러자 약선님이 피식 웃으며 말했다.

"의원이란 놈이 말하는 꼬라지하고는. 환자에게 묻기 전에 직접 확인해 보면 될 것 아니냐."

스승님 말대로다.

나는 떨리는 손으로 스승님의 손목을 잡았다.

그렇게 맥을 확인할 때 스승님이 미소와 함께 물었다.

"그러고 보니 내 담당 의원의 허가도 받지 않고 움직였구 먼. 어떠한가? 내 이만 퇴원을 해도 될 거 같은가?"

나는 말없이 고개를 끄덕였다.

"우라질. 사내장부가 칠칠맞게 울고 자빠졌구나. 쯧쯧."

"누가 울었다고…… 그러시는 겁니까?"

더 욕먹기 전에 얼른 그쳐야겠다.

나는 재빨리 눈물을 훔친 뒤 한 걸음 물러나며 말했다.

"맥도 정상이고 욕하는 것도 평소와 다를 바 없으니 이만 퇴원하셔도 좋습니다."

"그래, 생긴 건 어벙해도 꼴에 의원이라고 돌팔이는 아닌 모양이구나."

죽다 살아나시더니 어째 독설이 더 심해지신 것만 같다.

그래도 덕분에 북받쳐 오른 감정을 정리할 수 있었다.

그렇게 이제까지 괴롭혀 오던 감정을 정리하고 나니, 그에 밀려 있던 또 다른 의문이 머릿속을 가득 메웠다.

약선님이 이렇게 정정하신데 밖의 의원들은 왜 그렇게 죽상이었던 것일까?

그때였다.

"약선님!"

한 의원이 황급히 들어와 곁에 섰다.

그의 얼굴은 당장 쓰러져도 이상하지 않을 정도로 피골이 상접해 있었다.

"명령하신 금창약 오천 첩 제조가 끝났습니다."

"그래. 잘했다. 겨우 시간에 맞추었구나."

나는 약선님과 의원을 번갈아 보다 생각했다.

'금창약 오천 첩?'

그제야 의원들이 왜 그렇게 죽상이었는지를 깨달을 수 있었다.

금창약은 날카로운 날붙이로 생긴 상처를 치료하는 데 쓰이는 가루약이다. 만드는 것이 그리 어려운 편은 아니나 오천 첩이라면 말이 다르다.

피곤에 절은 저 의원의 얼굴만 봐도 그 사실을 알 수 있지 않은가.

그러나 약선님은 다 죽어 가는 의원에게 더 충격적인 명령을 내렸다.

"그럼 잠시 휴식을 취한 뒤 오천 첩을 더 만들어 오라 이르거라."

그 말에 나는 약선님을 돌아봤다.

보고를 위해 들어온 의원 또한 나와 같은 의문을 가졌는지 내가 뭔가를 묻기 전 먼저 입을 열었다.

"……오천 첩을 또다시 말입니까?"

"잘 알아들었으면서 뭘 다시 묻느냐. 그리고 기한은 삼 일인 것도 꼭 전하거라."

안 그래도 핼쑥한 의원의 볼이 더 쏙 들어갔다.

"다른 의원들이 체력적으로 한계에……."

"전쟁터에서도 적들에게 그리 사정할 것이냐? 지쳤으니 쉴 시간을 달라고? 재료가 부족하다는 말도 할 것 없다. 부족한 것이 있으면 운성이든 신평이든 알아서 찾아가 어떻게든 조달하면 될 터이니."

그리고는 의원이 뭐라 항변하기도 전에 쐐기를 박았다.

"삼 일이다. 삼 일. 그 안에 모두 끝내야 할 것이다."

가주가 이렇게까지 말한 이상 의원으로서도 어쩔 도리가 없다.

"……알겠습니다, 약선님."

의원은 눈을 질끈 감으며 고개를 숙인 뒤 약방을 나섰다.

불쌍한 인생이여.

너무 뛰어난 가주를 만나도 고달픈 법이다.

그렇게 축 처진 어깨로 터벅터벅 나가는 의원을 안쓰럽게 바라보던 나는 이내 약선님을 돌아봤다.

"그런데 정말 사흘 만에 가능할까요?"

"왜? 불가능할 거 같으냐?"

"꽤 많은 의원이 달려들면 가능하기야 하겠지만……."

"만약 네 명이면?"

"그럼 좀 힘들겠네요."

한 시진마다 139첩을 만들면 36시진 내에 약선님의 요구량을 맞출 수는 있다.

물론 이론상으로 그렇다는 말이다.

자지도, 먹지도, 화장실에도 가지 않는다고 가정했을 때의 이야기니까.

4명이서 이를 이룬다는 것은 현실적으로 불가능에 가깝다.

"사흘 내내 철야를 해도 힘들지 않을까요? 의원들은 무사만큼 강하지 못하지 않습니까?"

"그렇더라도 해야 하는 일이다. 오천 첩을 만들라 했으니 정확하게는 아니어도 비슷하게는 만들어 오겠지."

"이후는 어쩌시려고요? 저들이 몸이 상해 드러누우면 그간 환자들의 치료는……."

질문에 답하는 순간에도 눈앞의 약재 서랍을 만지작거리던 약선님의 손길이 한순간 멈췄다.

"……그래, 네 말대로 사흘을 철야로 일하면 몸이 상하겠지. 그에 따른 부작용도 있을 것이다."

이내 서랍을 열어 무언가를 꺼낸 그가 몸을 돌려 나를 지그시 바라봤다.

"하지만 전쟁에서 지는 것보다야 낫지 않겠느냐?"

약선님의 말에 순간 큰 깨달음이 몰려왔다.

곧 나찰과의 전쟁이 시작된다.

이는 금창약을 비롯해 기본적인 약재가 어마어마하게 필요할 것이라는 뜻이었다.

"게다가 이번 사건으로 군의관으로 나가야 할 의원 8할이 죽었다. 그러니 약이라도 많이 만들어 놔야겠지. 무사들 스스로 상처를 치료할 수 있도록."

약선님은 쓸쓸한 미소와 함께 말했다.

"이것 하나는 명심하거라, 서하야. 두 번 당하는 건 머저리나 하는 짓이다."

약선님 말대로다.

전쟁에서 패배했을 때 모두가 겪을 고초에 비하면 금창약 오천 첩 정도는 매일 만들어도 힘들지 않은 수준이다.

"제 생각이 짧았습니다. 지금부터 더 힘내서 준비를 해야겠네요."

무기, 약재, 그리고 인원 배치까지 모든 것을 신경 써야 할 것이다.

내 말에 약선님은 고개를 끄덕이며 다가왔다.

"그런 의미로 난 새로운 약을 만들어 볼 생각이다."

"새로운 약 말입니까?"

"그래."

그리고는 방금 약재 서랍에서 꺼낸 무언가를 내 앞으로 들이밀었다.

약선님의 손바닥 위에 놓인 건 다름 아닌 작은 씨앗.

나는 그것이 무엇인지 알고 있었다.

"이것은……."

"뭔지 알고 있는 눈치구나?"

"생원과의 씨앗 아닙니까?"

"그래, 맞다. 내가 먹은 생원과의 씨앗이지."

생원과.

약선님과 지율이를 살린 바로 그 과실의 씨앗이었다. 그런데 이 씨앗으로 뭘 하려는 것인지는 정확하게 알 수 없었다.

나는 의미심장하게 웃는 약선님을 향해 조심스레 물었다.

"설마…… 심으실 생각입니까?"

"쯧쯧쯧, 조금은 성장한 듯싶더니 생각이 짧은 건 여전하구나. 우리 땅에 심는다고 생명수가 자랄 것 같으냐? 아니, 자란다 치자. 그럼 생원과 하나를 얻기 위해 걸리는 시간이 얼마더냐?"

"그야 최소 100……."

"그래, 100년이다. 그 오랜 시간을 기다려 얻는 게 고작 하나뿐이고 말이다. 너라면 하나의 생원과만 바라보고 기다리는 게 옳다 생각하느냐?"

단순한 물음이라면 고개를 끄덕였을 것이다.

회귀를 목표로 삼고 나서 180에 이르는 나이까지 버티고 버틴 전적이 있으니까.

하지만 지금은 아니었다.

이후 다가올 상황이 그것을 허락해 줄 리도 없었다.

"그러면……."

"말하지 않았느냐?"

약선님은 씨앗을 곱게 싼 뒤 말했다.

"새로운 약재를 만들겠다고."

새로운 약재.

그 순간 머리를 망치로 맞은 것과 같은 충격이 전달되었다.

'그래, 맞아.'

왜 미처 생각을 못 했을까?

많은 씨앗이 훌륭한 약재로 사용된다.

일반적인 씨앗도 그러할진대 사용되는 재료가 생원과의 씨앗이라면…….

"……만병통치약이 탄생할 수 있겠군요."

"이제야 내 제자답구나."

약선님은 마치 어린애처럼 흥분한 얼굴로 생원과의 씨앗을 바라보았다.

"일미진중함시방(一微塵中含十方). 티끌 하나 속에 시방세계가 다 들어 있다는 뜻이다. 이 작은 씨앗에 하나의 우주가 온전히 담겨 있단 말이지."

작은 씨앗 하나가 거대한 나무가 되며 또 다른 과실을 잉태한다.

즉, 하나의 생명. 그 모든 것이 저 안에 숨겨져 있다 해도 과언이 아니었다.

"그렇다고 마냥 좋게 볼 수는 없지."

나는 고개를 끄덕이며 약선님의 의견에 동의했다.

수많은 씨앗들이 약재로 사용된다 하나, 오히려 사용을 금하는 것들도 존재한다.

그리고 생원과의 씨앗은 단 한 번도 효능을 확인해 본 적이 없다.

큰 힘을 품고 있는 만큼 잘못 먹으면 독이 될 수도 있다는 뜻이나 다름없었다.

"그 때문에 고민이 된 건 사실이다. 하지만 생원과의 씨앗이다. 이 하나만으로도 시도해 볼 가치가 있지 않겠느냐?"

"……그렇습니다."

위험하고 어떤 부작용이 뒤따를지 모른다.

하지만, 다르게 보면 그와 반비례하는 효능을 기대할 수도 있지 않을까?

그리고 만약 생원과의 씨앗이 생원과 그 자체와 같은 효과를 낼 수 있다면…….

'꼭 필요한 고수를 살릴 수 있다.'

이는 나찰과의 전쟁을 앞두고 큰 힘이 될 것이었다. 그때였다.

"……잠깐."

지금까지 전혀 고려하지 않았던 한 가지가 떠오르며 순간 멈칫했다.

'지율이가 먹은 생원과 씨앗을 어떻게 했더라?'

빨리 먹여 살려야 한다는 것만 집중했지, 그 이후에 대해서는 전혀 고려하지 못했다.

그리고 열매의 알맹이가 중요하다 생각하지, 보통 씨앗까지 신경 쓰는 사람은 없지 않은가.

'그럼 나…… 지금 생원과를 하나를 통으로 버린 거야? 그런 거야?'

갑자기 식은땀이 나기 시작한다.

"왜 그러느냐? 똥 마려운 강아지처럼."

"아, 그게……."

씨앗을 버리고 와 버렸어요.

……라는 말은 죽어도 할 수 없다.

사실대로 말하면 평온한 약선님의 얼굴이 악귀의 그것으로 돌변할 테니 말이다.

겨우 살려 낸 스승님의 손에 죽고 싶은 생각도 없다.

"하하하, 그게 말입니다, 중요한 걸 잊고 있다 방금 막 떠올라서요. 동료들에게 물어볼 것이 있어서 잠시 다녀오겠습니다. 금방 올게요. 금방."

나는 허겁지겁 약방을 나섰다. 다행히 문밖에는 이준이와 지율이, 그리고 아린이가 기다리고 있었다.

나는 세 사람에게 다가가 다짜고짜 용건부터 꺼내 들었다.

"저기, 지율아. 너 생원과 먹고 씨앗 어디 뒀는지 아냐?"

"……뭐?"

"씨앗 말이야. 씨앗."

"……그건 나도 모르는데? 내가 치료를 받고 바로 깨어난 게 아니라서. 미안하다."

아, 맞다. 그랬었지.

기절해 있던 지율이가 알 턱이 있나.

나는 간절한 얼굴로 아린이에게로 시선을 돌렸지만, 그녀는 미간을 찌푸린 채 고개를 흔들었다.

"미안, 서하야. 그것까지 필요할 줄은 몰랐어. 중요한 거야? 그럼 내가 당장 호현에 가서 가져올게."

"……아니야, 마음만 받을게."

언제 호현에 가서 그걸 받아 오냐.

정작 호연에 도착했다 한들 씨앗이 남아 있다는 보장도 없으니 말이다.

그때였다.

"크흠."

정이준이 헛기침을 하더니 고개를 치켜들며 나를 내려다

보았다.

"그게 왜 필요하십니까? 대장님."

"……너 가지고 있구나?"

"아니, 뭐. 가지고 있을 수도 있고 없을 수도 있고……."

"당장 내놔."

"아니, 아니. 그렇게 무섭게 말씀하시면 어디에다 뒀는지
까먹어 버리지 않습니까?"

이 자식이.

나는 장난스럽게 말하는 정이준의 어깨를 잡고 힘을 주었
다. 정이준은 고통에 몸부림을 치기 시작했다.

"으갸갸갸갸!"

"말로 할 때 내놓는 게 현명하다고 생각하는데. 안 그러니?"

"알았습니다! 알았어요. 여기 있습니다."

정이준은 주머니에서 씨앗을 꺼내 건넸다. 다행히도 헝겊
에 잘 싸 놓아 더러워지지는 않았다.

"쯧, 그렇게 바로 내놓을 것이지."

"……보통 이럴 때는 칭찬을 해 주셔야 하는 거 아닙니까?
제가 안 챙겼으면 정말 호현까지 갔어야 하고, 헛걸음이 됐을
지도 모르잖습니까?"

"잘했어. 덕분에 살았다. 근데 이건 왜 가져온 거야?"

"심으려고요."

내가 약선님에게 한 것과 동일한 대답을 꺼내는 정이준이

었다.

"100년 뒤 제 후손을 위해서 말이죠."

"……."

"아, 그리고 버린 건 주운 사람이 임자인 거 알죠? 제가 임자입니다. 이 값은 꼭 받아 낼 테니까 입 싹 닦을 생각은 버리세요."

저놈도 살짝 맛이 간 놈은 분명하다.

"알았다, 그럼 남은 빚은 다 까 주마."

"오! 드디어 월급을 받을 수 있다!"

감격하는 정이준을 뒤로하고 나는 약선님에게 돌아갔다. 약선님은 흥미롭다는 듯 창밖을 구경하며 말했다.

"밖이 소란스럽던데, 무슨 일이냐?"

"사실 씨앗이 하나 더 있습니다."

"뭐라? 그 말이 정말이냐?"

약선님이 매처럼 날아와 손바닥 위의 씨앗을 낚아채곤 확인 작업에 들어갔다.

그리고 얼마 지나지 않아 마주하게 된 약선님의 얼굴엔 만족한 기색이 가득했다.

"이거, 이거. 고민 하나를 덜었구나."

"고민이라뇨?"

나의 물음에 약선님은 미소를 지으며 말했다.

"씨앗의 주인을 선정하는 일 말이다."

그리고는 나에게 씨앗의 주인으로 가정했던 두 사람의 이름을 말해 주었다.

"어떠냐? 불만 있느냐?"

멍하니 두 사람의 이름을 되뇌던 나는 강하게 고개를 흔들
었다.

"아뇨. 탁월한 선택이십니다."

누구도 불만을 가질 수 없는 두 사람이 씨앗의 주인으로 선
정되었다.

◆ ◇ ◆

신평(新坪).

서하의 제안으로 신설된 제2군단은 눈코 뜰 새 없이 바쁜
시간을 보내고 있었다.

람다에게 힘을 받은 이들이 여기저기서 반란을 일으켰기
때문이다.

이런 소요의 진압에 나설 토벌 대장엔 박민아가 임명되었다.

2군단의 무사들은 이를 탐탁지 않게 여겼다. 심지어는 대
놓고 무시하는 이들도 더러 있었다.

사실 그럴 수밖에 없다.

왕국 각지에서 무사들을 모아 구성한 것이 바로 제2군단.

잔뼈가 굵은 상급 무사들을 비롯해 백의선인, 그리고 소수
의 색의선인까지 포함되어 있었다.

그에 비해 박민아는 별다른 공적도 세우지 못한 백의선인에 지나지 않았다.

게다가 가주 박진범과 비교하면 체구가 더욱 초라하고 왜소해 보였으니, 거대한 언월도를 들고 다니는 모습이 우습게 느껴졌던 것이다.

- 실력도 없는 게 좋은 가문에 태어난 덕분에 대장 자리를 꿰찼다.

- 혈연만으로 대장을 임명하다니. 신평의 명성도 헛말이었구나.

……같은 말이 나돌았다.

하지만 그러한 무시의 시선이 존경으로 바뀌기까지는 그리 오랜 시간이 걸리지 않았다.

첫 전투.

박민아는 선두에서 거대한 언월도를 휘두르며 람다의 종들을 무참히 도살해 나갔다.

압도적인 무력. 그야말로 선봉장에 어울리는 모습이었다.

이를 직접 목격한 이후, 무사들은 존경심과 두려움을 담아 박민아를 이렇게 불렀다.

혈의공녀(血衣公女).

여린 외형과 달리 피를 뒤집어쓴 채 광기 그 자체로 느껴지는 소녀.

이는 수많은 전장을 오간 무사들에게도 충격적인 광경이었던 것이다.

물론 박민아로선 그렇게 불린다는 것을 알지 못했다.

그녀가 아는 순간, 또 다른 피바람이 몰려올 것을 짐작해 모두가 쉬쉬했으니 말이다.

그렇게 수많은 승리를 거두며 평안이 찾아왔을 무렵.

박민아는 위풍당당하게 신평으로 돌아왔다. 그런 그녀를 가주 박진범이 직접 나와 반겼다.

"크하하하! 자랑스러운 우리 딸이 왔구나!"

양팔을 벌리며 달려오는 박진범. 호들갑을 떠는 아버지의 모습에 박민아는 인상을 썼다. 하지만 박진범은 개의치 않고 딸을 안았다.

"잘했다. 역시 내 딸이구나!"

박진범이 박민아의 등을 칠 때마다 팡! 팡! 하고 거대한 소리가 났다.

제 딴에는 토닥인다고 한 것이었지만, 이를 보는 무사들은 아연실색할 수밖에 없었다.

저 거대한 손에 맞았다간 뼈도 못 추릴 테니 말이다.

그러나 정작 당사자인 박민아는 별다른 표정 변화 없이 그를 밀어낼 뿐이었다.

"……부하들 보기 민망한데 그만해 주시죠."

"아비가 딸을 안는데 민망할 게 뭐가 있느냐?"

"하아……."

말린다고 들을 사람이었다면 애초에 안지도 않았겠지. 결국 원이 풀릴 때까지 받아 주는 게 최선이었다.

그렇게 한참 동안 딸을 안고 있던 박진범이 딸을 놓아주며 말했다.

"일단 안으로 들어가자꾸나."

"네, 그렇게 하죠."

아버지를 따라 관청 안으로 향하던 박민아가 주변을 살피며 물었다.

"벌써 가을이군요."

가을.

여느 지역들과 달리 신평에게 가을은 특별한 의미를 지니고 있었다.

왕국 최대 곡창 지역인 만큼 쉴 틈조차 없이 바쁜 계절이었으니 말이다.

이를 증명하듯 관청 안에선 수백 명의 일꾼들이 곡물을 옮겨 나르기에 여념이 없었다.

"양이 상당하네요. 수확량은 어느 정도로 예상됩니까?"

"이례적이라 할 정도의 풍년이다."

"그거 다행이네요."

나찰과의 전쟁이 언제 벌어질지 모르는 상황에서, 수확량이 높다는 건 더할 나위 없는 희소식이었다.

전쟁 물자는 아무리 많이 쟁여 놔도 모자란 법이었으니 말이다.

"그렇지. 풍년은 좋은 일이지."

박진범 또한 그녀의 의견에 동의했다.

그러나 그의 입가에 머금어진 미소엔 씁쓸한 기색이 어려 있었다.

"일반적이었다면 그러했을 것이다."

짧은 한마디였지만, 그 안에 담긴 의미를 알아채곤 박민아 또한 얼굴을 굳혔다.

순환이 이루어지는 게 세상의 이치다.

고생 끝에 즐거움이 찾아오듯, 즐거운 일이 다하면 슬픈 상황이 닥쳐오는 것처럼.

그렇기에 이번 풍년을 마냥 낙관적으로만 바라볼 수 없었다.

뒤이어 백고천난(百苦千難)의 위기가 들이닥칠 테니 말이다.

그렇게 두 부녀가 차가운 눈으로 상황을 주시하고 있을 때, 한 관리가 그들에게 다가와 고개를 숙였다.

"실례하겠습니다, 가주님."

그러나 박진범이 아무런 말도 없이 관리를 바라볼 뿐이었다.

이에 박민아가 바로 작게 속삭였다.

"약재를 담당하고 있는 전의감(典醫監)."

관리가 누군지 알아채지 못한 것이었다.

"그래, 전의감. 무슨 일인가?"

"양천에서 대량의 약재를 요청해 왔습니다."

"그쪽이 요청하는 건 뭐든 들어주라 말하지 않았는가?"

"그 양이 예상치를 넘어서서 의견을 구하고자 찾아왔습니다."

"얼마나 요구해 왔기에 그러나?"

"그것이……."

직후 박민아조차 당황스러울 정도의 내용이 전의감의 입에서 흘러나왔다.

그러나 이를 듣고도 박진범은 전과 다를 바 없는 모습을 보였다.

마치 뭐가 문제냐는 듯이.

"그게 문제가 되는가? 내 생각엔 터무니없는 양을 요청한 것도 아닌 듯한데."

"그러한 것은 아니나……."

"그럼 요구한 대로 보내 주거라."

"허나, 가주님. 양천은 지금 대금을 치를 수 있는 상황이……."

전의감이 뜻을 굽히지 않고 반론을 꺼내려 했으나, 박진범은 말허리를 자르며 단호하게 말했다.

"대금은 전쟁이 끝난 후 받아도 늦지 않는다. 또한 양천에서 제조할 약재가 신평으로 되돌아올 텐데, 후에 대금까지 받으면 오히려 이득이라 봐야 되지 않겠는가?"

"……."

아버지에게 저런 지적인 면모도 있었나?

그런 생각을 하며 박민아가 의아해할 때, 박진범은 한마디를 더하며 논의를 마무리 지었다.

"나무를 보지 말고 넓은 시야로 숲 전체를 살피게."

"……알겠습니다, 가주님."

그렇게 전의감이 떠나며 다시금 둘만 남게 되자 박민아가 고개를 갸웃거리며 물음을 던졌다.

"양천에 무슨 문제라도 있습니까?"

대화를 듣다 보니, 꼭 양천의 상황이 좋지 않은 것처럼 말하고 있어 의아했던 것이다.

"그러고 보니 민아는 듣지 못했겠구나."

박민아는 오랜 시간을 전장에서 보내다 이제 막 돌아온 참이었다.

그로 인해 왕국의 사정에 어두울 수밖에 없었는데, 거기엔 박진범이 손을 써 둔 영향이 컸다.

전장에서는 오로지 전투에만 집중해야 한다.

하여 굳이 비보를 알려 좋을 것은 없다고 판단한 것이었다.

그러나 언제까지 숨길 수는 없는 일.

박진범은 딸에게 그간 양천에 벌어졌던 사건을 찬찬히 설명해 주었다.

"양천이 나찰의 습격을 받아 크게 피해를 입었단다."

"……습격이요?"

박민아의 표정이 순식간에 굳어졌다.

양천은 약선의 고향이자 이 나라 의술의 중심지.

그런 곳이 습격을 당했다면 이는 절대 도외시할 수 없는 문제였다.

아니, 그보다 더욱 걱정되는 건 따로 있었다.

"그럼 서하는요?"

약선이 서하의 스승이라는 건 널리 알려진 사실이었다.

그렇다면 절대로 서하가 가만히 있었을 리 없다.

늦든 빠르든 양천을 돕기 위해 움직였을 터.

큰 피해를 입은 양천으로 향했다면, 그에게도 일이 벌어졌을 수도 있었다.

딸의 눈동자에서 그런 걱정을 알아챈 박진범은 미소와 함께 말했다.

"걱정할 것 없다. 서하는 무사하다고 하더구나."

"후우."

그 말에 박민아가 깊이 안도의 한숨을 내쉬었다.

그러나 걱정을 완전히 떨쳐 내진 못했는지 바로 물음을 던져 왔다.

"서하는 지금 어디 있습니까? 양천에 있는 겁니까?"

"글쎄다."

박진범은 잠시 생각하다 말을 이어 갔다.

"생사를 오가던 약선님이 서하가 가져온 영약으로 회복했다고 들었다. 그게 얼마 전 일이니, 그사이 별일이 없었다면 아마도 양천에 머무르고 있지 않을까 싶구나."

"그렇군요……."

말끝을 흐린 박민아는 무언가를 고민하는 한동안 말이 없었다.

그런 딸의 모습을 가만히 지켜보고 있을 때.

박민아가 고개를 쳐들며 난데없는 말을 꺼냈다.

"그럼 제가 가겠습니다."

"응?"

박민아는 즉시 설명을 이어 갔다.

"제가 약재를 가지고 양천으로 가겠다는 말입니다."

박진범은 멍한 표정을 지으며 딸을 바라볼 수밖에 없었다.

양천으로 가는 게 자신의 의무라는 듯 단호함을 드러내는 건 이상할 게 없었다.

하지만 그녀의 표정이 태어난 이후로 단 한 번도 보여 준 적 없는 모습이라는 게 당황스러웠다.

너무나도 행복하다는 미소로 가득했으니 말이다.

그 때문에 뭐라 답해야 될지 몰라 망설이자 박민아가 다시 한번 보챘다.

"약재는 일반 곡물에 비해 가치가 높으니 분명 누군가가 노릴 것입니다. 그렇다면 신평에서 가장 강한 부대가 호위로 나서는 게 마땅하지 않겠습니까? 그 역할은 당연히 제가 맡아야겠죠. 어떻게 생각하십니까, 아버지? 좋은 생각이지요? 저도 그렇게 생각합니다."

혼자 북 치고 장구 치고 다 하는 딸이었다.

이에 박진범이 어이없다는 듯 쳐다보자 박민아가 고개를 꾸벅 숙이며 말했다.

"그럼 준비할 게 많아 이만 물러나 보겠습니다."

"주, 준비? 그리 급한 일도 아니고 오랜만에 돌아왔는데 같이 밥이라도 한 끼 먹고……."

"아뇨! 그럴 시간이 없습니다. 하루의 차이가 전장에 얼마나 큰 영향을 끼치는지 잘 알고 계시지 않습니까?"

"그, 그렇긴 하지만, 부하들에게도 휴식을……."

"전장에서 휴식은 사치입니다."

아니, 그러니까 이젠 전장도 아닌데.

하고 싶은 말은 많았으나, 박진범은 차마 입 밖으로 내뱉을 수가 없었다.

이미 딸은 몸을 돌려 달려가고 있었기 때문이다.

박진범은 서둘러 부하들에게 향하는 딸의 뒷모습을 바라보며 혀를 찼다.

"에휴, 자식 놈들 키워 봤자 아무 소용 없다더니."

무엇보다 그를 씁쓸하게 만드는 것은 따로 있었다.

"결과가 보이니 더 마음이 아프구먼."

부디 딸이 좋은 추억을 가지고 돌아오기만을 바랄 뿐이

었다.

◆ ◇ ◆

양천(楊川).

도시 입구에 도착한 박민아는 말에서 내려 굳은 얼굴로 나아갔다.

그리고는 문 앞에서 고개를 갸웃했다.

완벽하게 임무를 수행하고도 긴장감을 풀지 않는 모습에 부하들 역시 덩달아 긴장감을 유지하며 서로 대화를 나누었다.

"왜 저렇게 표정이 안 좋으시지?"

"흠, 내 생각에는 말이야······."

한 무사가 잠시 고민하더니 확신을 담아 말했다.

"양천의 대접에 불만족하신 거 같네."

"아! 그렇겠군. 신평에서 이만한 호의를 보여 줬는데 아무도 마중을 안 나왔으니 기분이 나쁠 수밖에."

"그래, 그럴 만해."

부당한 요구임에도 불구하고 들어주었고, 호위로 소가주가 나서기까지 했다.

그런데 정작 요청해 왔던 양천에서 푸대접으로 나왔으니 성인군자라도 기분이 상할 수밖에 없지 않겠는가.

더군다나 평소 웃음 따윈 찾아볼 수 없는 냉혈한이 바로 자신들의 대장 박민아.

그녀가 미소를 지을 때라고는 전장에서 적을 학살할 때뿐이었다.

아마 지금도 차오르는 분노를 간신히 억누르고 있을 것이었다.

모두가 이에 동의하는 듯 보이자, 무사는 계속해서 설명을 이어 갔다.

"애초에 전장에서 막 돌아온 우리 대장님이 직접 약재를 호위하며 여기까지 온 이유가 뭐겠나?"

"이유? 무슨 이유가 있을 수 있나."

"쯧쯧쯧. 이 친구야, 그 머리는 뒀다 뭐 하나? 생각을 해 보게. 우리 신평한테 이런 말도 안 되는 요구를 하지 말라고 경고하러 온 것 아니겠는가?"

무사는 확신을 담아 말했다.

"이 많은 약재를 외상으로 달라고 요구했으니 아무리 약선님이라도 선 넘은 거지."

"오오, 그렇군."

동료들은 그의 말에 납득해 고개를 끄덕였다.

그런데 한 사람이 문득 뭔가를 떠올리곤 걱정을 담아 말했다.

"그런데 괜찮을까? 양천엔 이서하가 있다던데."

옆에서 듣고만 있던 다른 동료가 놀란 반응을 보였다.

"그 왕국 최강이라는 이서하 말인가?"

16

"국왕 전하의 오른팔이라고 하던데. 정말 괜찮은 건가?"

이서하의 존재는 전염병처럼 근심을 퍼뜨려 갔으나, 처음 이야기를 꺼냈던 무사는 피식 웃어 보였다.

"이서하? 그 사람이 뭐?"

동료들이 고개를 갸웃하자 무사는 안타깝다는 듯 고개를 흔들었다.

"우리 대장님이 그 이서하보다 한 학년 선배인 걸 모르나?"

그리고는 팔짱을 끼며 말했다.

"당시 이서하가 우리 대장님의 도움을 많이 받았다고 하더군. 그 대단한 이서하라도 우리 대장님한테는 안 된다는 말이지. 잘들 보라고. 이서하가 나온다 한들 우리 대장님이 딱! 기선 제압을 할 테니까."

그렇게 무사들의 기대(?)가 무럭무럭 커져 가고 있을 때.

거친 소리와 함께 도시의 대문이 서서히 열리기 시작했다.

그리고 그곳에서 한 남자가 걸어 나왔다.

"오시느라 고생 많으셨습니다."

20대 초반으로밖에 보이지 않는 젊은 무사.

하지만 그가 무의식중에 뿜어내는 기운은 절대 예사롭지 않았다.

덕분에 신평의 무사들은 마중 나온 젊은 무사의 정체를 단번에 알아챌 수 있었다.

'저게 바로⋯⋯.'

왕국 최강의 무사.

이서하.

그가 분명했다.

'이 무슨 말도 안 되는······.'

기선 제압을 할 생각이었는데 역으로 당해 버렸다.

그러나 아직 희망은 있었다.

박민아.

언월도 한 자루로 모든 적을 도륙 내던 자신들의 대장이 나선 것이다.

무사들은 모두 한마음이 되어 대장을 바라봤다.

이윽고 무표정한 얼굴로 이서하에게 다가간 박민아가 먼저 입을 열었다.

"오랜만이구나. 이서하."

상대의 정체를 확인한 이서하는 놀란 듯 눈을 동그랗게 뜨더니 이내 미소를 지었다.

"민아 선배? 이게 얼마 만이에요? 그간 잘 지냈죠?"

이서하는 박민아를 향해 손을 내밀었다.

무사들은 그런 그를 보며 피식 웃었다.

자신들이 아는 박민아는 절대 저런 시답잖은 일상 대화에 어울려 줄 사람이 아니었다.

아마 내민 손을 짝 하고 쳐 내며 '앞으로 이런 무리한 요구는 하지 말아 줬으면 하는데.'라는 말을 내뱉······.

"응, 잘 지냈지."

……지 않는다.

아니, 그것도 모자라 환하게 웃으며 이서하의 손을 맞잡는 것이 아닌가?

"……!"

마치 사랑에 빠진 소녀와 같은 미소.

그 모습에 모든 부하들은 충격을 받았다.

대장님이 저런 사랑스러운 얼굴을 하리라곤 상상조차 해본 적이 없었기 때문이다.

하지만 충격은 그것으로 끝나지 않았다.

"너 밥은 언제 살 거야? 약속해 놓고 연락 한 번 없는 것도 그렇고."

"……!"

마치 아쉬운 듯 말하는 대장의 모습.

"아, 그렇네요. 제가 일이 바빠서 완전히 잊고 있었습니다. 기왕 여기까지 오셨으니 오늘 저녁은 제가 대접하죠."

"한 번만 사려고? 이렇게 오래 기다렸는데?"

"……!"

애교가 섞인 음성.

"하하, 설마 제가 그러겠습니까? 여기 계시는 동안은 계속 살 테니 걱정 마세요."

"그래? 그럼 기대할게."

불퉁하면서도 고분고분하게 받아들이는 말투까지.

"그럼 자세한 얘기는 안으로 들어가서 하실까요?"

"응."

이서하의 안내를 받으며 박민주가 사뿐사뿐 걸음을 옮겼다.

처음부터 그 모습까지 바라보고 있던 부하들은 도저히 눈으로 본 결과를 이해할 수 없었다.

대체 무슨 일이 벌어진 것일까?

대장에게 저런 면이 있을 리가 없는데…….

그런 의문에 휩싸여 혼란이 가중되던 그때.

행복한 미소를 지어 보이던 박민아가 언제 그랬냐는 듯 정색하며 부하들에게로 몸을 돌렸다.

"1번부터 10번 부대까지는 약재를 옮기고, 11번부터 20번 부대는 양천의 피해 복구를 돕는다. 21번부터 25번은 숙영지 편성 및 경계를 도맡도록."

그렇게 각 부대에 지시가 내려졌지만, 명령에 따르는 이들은 아무도 없었다.

그저 멍한 표정으로 대장인 박민아를 바라볼 뿐이었다.

박민아의 얼굴이 험상궂게 일그러진 것도 동시였다.

"내 말 안 들리나? 당장 움직여!"

"네, 넵!"

그제야 부하들은 정신을 차리고 맡은 역할을 수행하기 위해 산개했다.

그러면서도 고개를 갸웃거리는 건 멈추지 않았다.

'분명 대장님이 맞는데…….'

방금까지 해맑게 웃던 그 귀여운 소녀는 도대체 누구란 말인가?

그런 의문 속에 양천의 해가 저물어 가고 있었다.

〈17권에 계속〉

잇츠
IT'S MY LIFE
마이라이프

초촌 현대판타지 장편소설

무심코 내뱉은 술주정이 현실로?
다사다난했던 1983년으로 회귀하다!

우연한 술자리에서 속마음을 털어놓은 것은,
그저 가슴속 멍울을 해소하기 위한 몸부림이었다.

"솔직히 좀 부럽더라고요.
그런 인생을 살고 싶었거든요."

대기업 마케터로 잘나갔고, 작가의 삶도 후회하지 않는
마흔이 넘도록 내세울 것 하나 없다는 것만 빼면.
그래서 푸념처럼 했던 말인데, 정말로 현실이 될 줄이야
5공 시절의 따스한 봄날, 7살의 장대운이 되었다.

지금이 아니면 다시는 돌아오지 않을 기회.
제대로 폼나게 살아 보자.
이 또한 장대운, 내 인생이니까.

슬기로운 회귀생활

은반지 현대 판타지 장편소설

MORDERN FANTASY STORY

가문의 이익을 위해 길러진 개, 황재건.
당연하게도 그 인생의 끝은 토사구팽이었다.
철저히 이용만 당하다 버려진 그날,
세상은 그에게 또 한 번의 기회를 주었다.

[기반된 운명(運命)의 수레바퀴에 의해 뒤틀립니다.]

눈앞에 보이는 광경은 10여 년 전 머물던 방 안.
F급 각성으로 찬밥 신세를 면치 못했던 20살 때였다.

'이건…… 그냥 나잖아?'

그런데 SSS급 헌터의 힘이 그대로다.

무림에 떨어진

청루연 신무협 장편소설

현대인

빵소니로 요절했던 죽음의 기억이 강렬한데,

'……내가 조휘?'

다 쓰러져 가는 조가철방의 차남이 되었다.
날아가는 새를 떨어뜨릴 권세도,
의지를 관철시킬 무력도 없다.
일가족을 몰살시킬 어마어마한 빚만 있을 뿐.

허나 그 누구도 경험하지 못했을
비장의 한 수가 남아 있으니.

"아버지, 조가철방을 물려주십시오."

문명의 이기를 총동원한 현대인의
중원무림 성공기가 지금 시작된다.